第五章　朔風払葉［きたかぜこのはをはらう］　一四五

第六章　橘始黄［たちばなはじめてきなり］　一六三

第七章　閉[illegible]くふゆとなる］　一九一

第八章　乃[illegible]しょうず］　二一五

終章　二四五

人物紹介
陶蓮珠「とうれんじゅ」
『遠慮がない・色気がない・可愛げがない』で知られる女官吏。
郭叡明「かくえいめい」
本物の威妃と共に姿をくらませた新皇帝。翔央の双子の兄。
郭翔央「かくしょうおう」
政治が解らない無能だから武官になったと噂される新皇帝の弟。

呉淑香［ご・しゅくか］
叡明の後宮にいた皇妃。
冬来［とうらい］
皇帝警護担当の後宮警護官。その正体は……。
范才人［はんさいじん］
『心見の妃』と呼ばれる男装の皇妃。

序章

後宮という場所では、誰もが皆多かれ少なかれ、偽りをまとっている。

だから、自分もまたその中に、うまく紛れこめているつもりでいた。


夏が庭の木々の色を濃くしていく。

今年もまた、この季節がやってくる。家族を、故郷を一夜にして失った夏がやってくる。

そう思う蓮珠の目には、涼やかな皇城の庭に、夜空を焦がす炎が重なって見えた。

後宮の長い廊下を威妃として歩く蓮珠は、足を止め庭木を眺める。

今では遠い日のはずなのに、あの紅い夜の記憶は、あまりにも鮮明だ。

「……おや、どうかされましたか？」

遠い日に囚われた心を、優しく揺らす声がした。

被っている蓋頭の布越しに見えたのは、丸首袍衫姿の男性だった。

なぜ、男性が後宮に？　そう思った蓮珠は、袍に施された椿の花の刺繍を見て、目を二度三度と瞬かせた。なんの花であれ、花の刺繍を衣装に入れることが許されているのは、この国では基本、皇妃だけだからだ。

「范才人様にございますよ」

傍らの秋徳がそっと耳打ちしてくれる。そう言われても、まだ蓮珠は驚きから抜け出せずにいた。

范才人。才人という位は、妃嬪としては高いものではない。だが、それでも相国皇帝に侍る皇妃の一人である。それが、どうして男装など。

顔を上げると、蓋頭を被っているのに、なぜか目が合った気がしてしまう。

心の内を見透かすような、不思議なまなざしだった。

輪郭は鋭く、鼻筋もはっきりとしていて、女性的な柔らかさはない。だが、柳眉に二重の大きな目は、たしかに美しい女性のものだ。

その目が弓なりに細められて、蓮珠に近づく。

蓋頭の布一枚隔て、額同士がくっつきそうなほどの近さで、范才人が言った。

「……貴女は、たいした秘密をお持ちのようだ」

動揺を一瞬で立て直し、蓮珠は少し顔を引く。蓋頭で范才人から見えないのはわかっていたが、とにかく微笑んでみせた。

「范才人は、何を仰っていらっしゃるのかしら？」

威妃の身代わりであることを悟られまいと、努めて冷静な声で返した蓮珠に、范才人が笑みを浮かべたまま、再び顔を寄せてきた。

「そちらじゃありませんよ。その胸の奥、今では貴女がお一人で抱えていらっしゃる秘密のほうですよ」

今度は動揺を抑え込めず、肩が大きく跳ねた。範才人はその反応に満足して身を引くと、改めて蓮珠に優しく笑いかける。

「その秘密は、これまでもこれからも、貴女に重い選択を幾度も迫る。やがては、とても大きな選択をさせることになるでしょう。選べば……、選ばなかったものを永遠に失うかもしれない。だから、慎重にお選びになることです」

言うだけ言うと、範才人は「行こうか、春華」と侍女に声を掛け、それまでの言葉の重みを感じさせぬ軽やかな足取りで去って行く。

一方、重い言葉と共に残された蓮珠の頭の中は、ある身近な人物のことで占められていた。

「お噂どおり、謎めいたことを仰る方ですね。……偽りを見抜き、先々の忠告を与えるあの方を、後宮の妃嬪の皆様は『心見の妃』とか『先見の妃』などと呼んでいらっしゃるそうですよ」

秋徳に言葉で現実に戻り、改めて後宮の長い廊下を行く、その美しい後ろ姿を見る。

傍らに愛らしい侍女を伴って歩く姿は、まるで侍女のほうが妃嬪で、範才人は後宮に見舞いに来たその兄であるかのようだった。もしくは、年若い夫婦だろうか。

寄り添い歩く二人を、蓮珠は椿の袍が見えなくなるまで見送った。

後宮という場所では、誰もが偽りをまとっている。妃嬪も、女官も太監（たいかん）も、——渡りくる皇帝さえも。

そんな後宮にあって、本来なら妃嬪がまとうことのない袍衫を着こなす范才人の姿は、一目瞭然の異端だからこそ、かえって彼女自身の真実の姿でもあるようだった。

だから、その精彩を放つ椿の袍を、蓮珠は鮮烈に覚えていた。

第一章

山茶始開

「つばきはじめてひらく」

紅い色は好きじゃない。

故郷を失った夜、自分と妹の二人だけでも逃がそうとしてくれた、両親と兄が流していた血の色、夏の夜を焦がした炎の色、どちらも紅かった。

その色は臭いの記憶も呼び覚ます。火をつけるために撒きちらされた酒と血が混じった臭い、故郷が焼かれていく臭いを。

十二歳の夏の夜。あの紅い記憶は、今も色褪せない。「火を放て」と命じたあの馬上の男の声も。すでにその男への復讐も遂げたというのに。


目の前の光景に、蓮珠は立ち尽くしていた。

主を失ってほぼ半年、廃墟となった鶯鳴宮の院子（中庭）に面した部屋。白い石の床に紅く染まった紙が椿の花弁のように散乱している。

だが、部屋を満たしているのは、花の香りではなく血の臭いだった。

「これは……どういう？」

誰かの呟きが遠かった。

「魏嗣、宮の表で待機している皇城司を呼んでこい！　全員、いったんこの部屋を出ろ！馬鹿、吐くなら庭に出てからにしろ、黎令！」

血を見ることに慣れている元軍師の上司張折（ちょうせつ）が、すぐに部下たちへ指示を出す。その声で遠い日の幻影から覚めた蓮珠は、部屋の奥、太い柱にもたれている椿の袍姿を見て叫んだ。

「范才人様！」

「おい！　部屋を出るんだ、陶蓮（とうれん）！」

蓮珠の足は張折の言葉に反して、椿の袍へと駆け寄っていた。

「范才人様……？」

官服の裾が汚れるのも構わず、蓮珠は跪（ひざまず）く。柱に背を預けたその人はうつむき、椿の刺繍の入った袖で守るように抱えている何かを見つめていた。

息を確かめようと顔を寄せた蓮珠の耳に、范才人の掠（かす）れた低い声が届く。

「……しゅ……か……」

「……っ！　張折様！　息があります！　皇城司だけでなく医者をお呼びください！」

自分を引き戻そうと駆け寄ってきていた張折に蓮珠は叫んだ。

「なんだと！　おい、誰か……って、吐いてんのは黎令だけじゃねえのかよ、この根っからの文官どもが！　いい、俺が行く！　最低限の処置はしとけよ、陶蓮！」

張折が身を翻（ひるがえ）す。

根っからの文官と言われれば、蓮珠もそうであるはずなのだが、官吏になったのがまだ隣国との戦時中だったため、最低限の怪我の処置ならできる。

「范才人様、しっかりしてください！　わたしがわかりますか？」

問いかける蓮珠の声に応じて伸びた手が、蓮珠の袍を掴んだ。

その拍子に、范才人の片腕では支えきれなくなった何かが、床に落ちる気配がした。

「人……？」

そこには後宮女官姿の者が倒れていた。

「この人……どこかで……？」

乱れた髪から覗く白い顔を、蓮珠はどこかで見た気がした。

「しゅん……か……」

范才人の掠れた声がする。蓮珠が振り返ると、倒れた女官へと、范才人が必死に手を伸ばしていた。

「しゅんか……？　春華殿！」

後宮の廊下で范才人の傍らにいた侍女だ。

蓮珠は范才人に代わり、その華奢な身体を抱き起こす。だが、彼女はすでにすべての力を失っていた。紅い唇の端からは、黒ずんだ血が零れ落ち、細い顎へと流れていく。

痛ましい死に姿だ。そこにはもう、眩しいほどに愛らしかった在りし日の侍女は居なかった。

死は、なんて無情に人と人のつながりを分かつのか。後宮で范才人を見かける時は、傍らにいつだって春華がいた。あんなにも『二人』だったのに。

せめて、西王母の元へ一緒に昇れるように……と、蓮珠は、范才人の伸ばした手に、春華の手を握らせた。

「范才人様、しっかりしてくださいね。医者が来るまでもう少しです。それまでは何かで傷を……」

見れば、范才人は春華を支えていたほうの手に紙の束を握っていた。紅く染まったそれは今も、端から血を床に拡げていた。

「それでは止血になりません！」

「……いい……これでいい……」

掠れた声の呟きが、かろうじて蓮珠の耳に届く。

「あ……なたに……頼みたい。わたしが遺す言葉と思い……くっ！」

蓮珠に血に染まった紙の束が差し出される。わずかに傷に押しつけられていた紙束も失い、傷から流れ出した血が、衣に描かれた椿よりも紅く、袍を染めていく。

「范才人様！……高貴な方に失礼します！」

蓮珠は自分の袍の袖を傷に強く押し当てた。紫の袍が赤混じりの色に染まっていく。

「いい……、お願いだ、約束してくれ、私の文書を主上に渡す、と……」

再び差し出された紙束は、どれも血の色に染まっていて、何が書かれているのかもわからない。

「文書……この紙のことですか？……なぜ、わたしに？」

問いかけた蓮珠に、范才人がいつかのように目を弓なりに細める。

「あな……た、だから……」

瀕死とは思えない勢いで、范才人の手が蓮珠の袍を掴んだ。強い力が蓮珠を引き寄せる。

あの時とは違い、蓋頭の布越しでなく直接に目と目が合った。

范才人は、持てる力すべて使って大きな目を必死に見開いていた。その瞳の光に貫き留められ、蓮珠は目を逸らすことができなかった。

「これは、わた……しが選んだ……結果だ。……どう……か……しゅじょう……に……お許し、ください……と」

蓮珠を捉えていた瞳が光を失い、徐々に小さく弱くなっていた声も、そこで途切れた。

「范才人様？……范才人様！　もうすぐ医者が来ますから！」

倒れこんできた身体を受け止め、蓮珠は幾度も叫んだ。

その背後で走ってくる足音がする。

「陶蓮様、皇城司を呼んでまいりました！」

副官である魏嗣の声が蓮珠を呼ぶ。声は聞こえている。だが、振り返ることはおろか、応じる声をあげることさえできない。

その蓮珠の横に、不規則な足音を鳴らしながら、誰かが歩み寄ってきた。

「……まさか……なぜ……？」

仰ぎ見れば、袍姿の男が一人、よろめきながら范才人の遺体を見下ろしている。一瞬ののち、力が抜けたようにその場で膝から崩れた。

「め……いか……」

范才人の名を呟くその初老の男に、蓮珠は見覚えがあった。

官名は范昭(はんしょう)。皇城司の長で、新興派閥である范家の次男。そして、范才人の実父だ。

「なんてことを……」

范昭は、それだけを繰り返し、大きく見開いた眼から人目憚(はばか)らずに涙をこぼしていた。

蓮珠は、親に死なれた子の気持ちはわかる。だが、子に死なれた親の気持ちはわからない。

ただ、無言のまま見つめていることしかできなかった。

かける言葉もなく誰もが立ち尽くす場に、新たな足音が駆け込んできた。

「陶蓮、医者を連れてきたぞ！」

張折の声に、蓮珠はただ静かに首を振った。その両腕に、范才人から託された紙の束を抱きしめながら。

立冬を迎えたばかりの相国、皇城の廃墟に漂う大気は、死者ばかりか生者をも、その冷たい手で包み込んでいた。


霜の降りた大地に、椿の紅い花弁が散っている。

蓮珠は、花弁を一枚拾おうと手を伸ばす。だが、指先が紅いひとひらに触れる前に、花弁は形を失い、紅い血だまりに変じた。

顔を上げれば、他の花弁も小さな血だまりとなって蓮珠の周囲を囲んでいる。

紅い点の一つが、蓮珠の前で大きく形を作る。人の形になっていくそれを見て、蓮珠は後退る。誰だかわかってしまった。

虚ろな目が、蓮珠を見ている。言葉はなくとも、責められているのがわかる。

「……ごめんなさい。わた……し……まだ……」

蓮珠が呟いた言葉が、突如響いた銅鑼の轟音に消えた。

「うわあああああ！　しゅ、主上……っ？」

飛び起きて跪礼の姿勢をとった蓮珠の視界に、大きな銅鑼と撥を構えて立つ、妹の姿が入る。

「……翠玉？」

「ふっふふ、お姉ちゃんのために勾欄（劇場）で楽師もやっているお友達から借りてきたの、それも思い切り叩けるように、耳栓付きで。もう鍋叩いたくらいじゃ、起きないからね……。さあ、お姉ちゃん、朝だよ！　今日こそはしっかりと朝ご飯食べてよね！」

官吏の朝は早い。まだ夜が明けきらないうちに起きて、身支度を整えて登城する。その官吏になって十年、官吏の手本となる上級官吏にまでなったというのに、陶蓮珠は朝に弱いままだった。どれくらい弱いかと言えば、最愛の妹の翠玉があの手この手で毎朝起こしてくれるのに、なお起きられず日々遅刻ギリギリ……というくらいに、だ。

「……な～んだ、翠玉か。いやあ、銅鑼の音なんてするから、主上が朝議の場にいらした合図かと思った。違うのね、良かった、良かった」

蓮珠は幾度か頷いてから、そのまま枕に頭を戻した。

「お姉ちゃん！　良くない！　二度寝ダメェ！」

翠玉の叫びと銅鑼を打ち鳴らす音が、近隣の家にまで響き渡った。

大陸西部の大国、相（そう）。その都を栄秋（えいしゅう）という。栄秋は国土の大半が高地・山岳地帯で占められているこの国では珍しい平地にあるが、一国の首都としては手狭な印象を受ける。それというのも、かつて大陸のほとんどを支配していた高大帝国（こうだいていこく）時代の州都から発展した街だからで、当時の州城を改築した白奉（はくほう）城もまた、大国の都城としては小ぶりな造りである。

「だからって、宮城が近いわけではないという不思議……」

蓮珠は石畳の道を翠玉と並んで歩きながら呟いた。

官吏居住区は都の北西、この宮城の西側にある。登城の便がいい宮城近くは上級官吏用住居となっていて、伝統的な四合院（しごういん）造りとなっている。だが、長く下級官吏として勤め、最近になって上級官吏となった蓮珠の家は、いまだに宮城から遠い居住区の端にある下級官吏用の三合院（さんごういん）造りである。

もっとも、すべての官吏が官吏居住区に家を持っているわけではない。

現在、約五百万人の民を擁する相国の文官は、中央・地方合わせて五千人ほどいる。そのうち、中央官僚（栄秋の宮城勤め）の者は二千人程度となっており、官吏居住区に家を持つ者は、さらに中央官僚の四分の一程度だ。というのも、官吏には都出身者が多く、もともと都に家があるので、そこから登城しているからだ。

官吏居住区に家を必要とするのは、地方出身者。その中には、蓮珠のように戦争により故郷を失って都に住むようになった者もいる。そこまで数が多いとは思えないが、にもかかわらず、住居の絶対数は足りていない。

「宮城に近い上級官吏用住居は元々少ないから、順番待ちだものね」

翠玉がまだまだ遠い宮城を見つめ、小さくため息をつく。

「まあ、そこはいいの。姉妹二人に上級官吏用住居は大きすぎるもの。だからって、使用人を雇うってのも、ちょっと金銭的にね……」

上級官吏になったとはいえ、単なる中間管理職の俸給は高くない。なにせ、北方の大国威との戦争が終わって、まだ五年程度。傾く一方だった国庫は、ようやく復調の兆しを見せてきたばかりだ。

大陸にその名を知られる貿易都市となった栄秋を訪れる人々は、そのにぎわいを見て、この国の懐事情も潤っていると思うことだろう。実際は、戦禍に見舞われた地方の立て直しに資金を注ぎ込まなければならないため、潤いとはほど遠い状況だ。

その影響は官吏の俸給にも影響している。しかも、蓮珠は政治的な派閥に所属していないので、コネで紹介されるという一時的な地方仕事も回ってこない。ゆえに、副収入的なものもない。

「お姉ちゃん、私も働いているんだから、家にお給料入れるよ」

「いいのよ、翠玉はそのお金を自分のために使って。……雲の上の御方の代筆とはいえ、それほどもらってないのは聞いているから」

蓮珠は首を振った。官吏居住区ではどこで誰が聞いているかわからないので、翠玉が誰の代筆をしているかは絶対に口にできない。あと、『皇帝の代筆業』であっても、それほど割のいい仕事でないというのは国の残念な懐事情が伺える話であり、官吏としてはあまり口にしたくない。

「そこはしょうがないよ。代筆が居ること自体内緒だから、公的な役職としては存在してない身だもの。そこを『雲の上の御方』様個人のお金で雇っていただいているのだから、高給は出ないって。その分、違うお仕事紹介してもらったりもしているの。この前は、威公主様から小説の書き写しを任せていただいたし！　とっても楽しいお仕事だったよ。今また、新しいお仕事をいただいているんだ！」

公的に存在しない『皇帝の代筆者』である翠玉は、皇帝側近の部下の従者として登城している。同じ白奉城に勤めながらも、蓮珠とは別門から入る徹底ぶりだ。

「そんな素敵な仕事まで！　さすが、翠玉！　その上、大事なお給料を家に入れようなんて言ってくれるのね……！　うちの妹は、なんてよくできた子なのかしら。ああ、もう大事すぎて困る！」

蓮珠はそう叫ぶと、翠玉をぎゅうっと抱きしめた。自分より背の高い妹に抱き着く蓮珠の姿は、傍目には木にしがみついている小動物のようだ。

「……お姉ちゃんには、私だけじゃなく、私の作った朝ご飯も大事にしてほしい。毎朝、口に放りこむだけなんて悲しすぎる」

「ちゃんと味わっているから！　最近の翠玉は料理の腕も上がったよね。これは、もういつ嫁いでもおかしくないわね」

蓮珠の『いつ嫁いでも……』という言葉が、翠玉には〝妹が仕事をすることをよくないと思っている姉の心配〟のように聞こえたようだ。蓮珠の表情を窺(うかが)うような視線で小さく問う。

「……お姉ちゃん、以前は宮城仕事なんてするもんじゃないとか言って、科挙(かきょ)（官吏登用試験）も受けさせてくれなかったよね。もしかして……今のお仕事も、本当は反対なの？」

「いやいや、そんな恐れ多いこと。皇城の某所勤務なんて、役職があろうとなかろうと本当に名誉よ。さすが翠玉だわ。だいたい、宮城や皇城とあそこは違うわよ。あそこなら、悪い虫は近づかないもの！」

蓮珠は背の高い妹を見上げて、思い切り首を振った。

ちょっと安心した表情になった翠玉は、悪戯を思いついたかのようにニマッと笑う。

「小説みたいに身分の高い方との出逢いは、もしかするとあるかもね」

これに蓮珠は足を止め、妹に小声で問う。

「翠玉、まさか……主上に……」

今度は翠玉が足を止めて慌て出す。

「あるわけないでしょう、そんな恐れ多い！　それに……お姉ちゃんだって、主上のご寵愛が威皇后様ただ御一人のものだって知っているでしょう？」

主上について話しているのを聞かれないように姉妹二人して顔をつきあわせてボソボソとやり取りする。その様子を、どこかの官吏が不審そうな視線で見つつ、通り過ぎていった。

二人は背を正し、再び宮城に向けて石畳の道を歩き出した。

「ほかにあの部屋で身分の高いって……」

じゃあ、皇帝執務室での出逢いって、まさか……翔央様？

蓮珠は今上帝の双子の弟である郭翔央の顔を浮かべて、押し黙った。

「もう。私は『あるかも』って言っただけよ。だいたい、私は身分の高い方と恋がしたいわけじゃないわ。私は私だけを愛してくれる人と恋がしたいの！　だから、寵愛があろうとなかろうと、たくさん妃嬪が居るような方はご遠慮させていただきます。……だって、やきもきするのってイヤじゃない？　するならやっぱり、小説のような一対一の運命の出逢いと大恋愛よ！」

　成人である十六歳を過ぎ、ますます大人の女性らしくなってきた身体を反らせて、翠玉が言う。こんな風に力強く理想の恋愛を語れる彼女の若さが、蓮珠には眩しい。

　これは威公主と話が合うわけだ。正直、あまり親しくなりすぎないでほしいけど……。

　蓮珠が、う～んと小さくうなっていると、翠玉が蓮珠の顔を覗き込んできた。

「それにそういう話なら、お姉ちゃんが先でしょ？」

　急に話が向けられて、蓮珠はその場でビクッと跳ね上がる。

「い、いやいやいや！『遠慮ない、可愛げない、色気ないの三ない女官吏』のわたしだよ？　絶対に翠玉が先でしょ。大丈夫よ、翠玉をどこに送り出しても恥ずかしくないだけの結婚資金は、お姉ちゃんが貯めてあるから、安心して嫁いでね。ああ……翠玉の花嫁衣裳姿、想像するだけで泣いてしまいそう！」

　蓮珠は上級官吏であることを示す紫の袍の袖を目元にやる。

　だが、翠玉は困ったように首を傾げる。

「え～、もうそのあだ名は返上じゃない？　だって、お姉ちゃん、恋人できたでしょう？」

己の恋愛事情など少しも漏らしたことはないはずなのに、突然妹から追及され、蓮珠はドキリとする。

「……え？　なんで……それを……」

そこまで言ってしまってから、慌てて口を押さえても遅かった。

翠玉は『やっぱりね』と呟いてから、目を細める。

「そりゃあねえ。立冬の祭日に、わざわざ新調した襦裙（じゅくん）で誰かと見物に行けばねえ、どれほど鈍感な人でも察しますって」

立冬の祭日のために……と真新しい襦裙を翔央に贈られたのに、それが見物のお誘いだと察しなかった鈍感者がここにいる……とは言えず、蓮珠はあらぬ方向に視線を向ける。

「あ……あれはいただきもので、わたしが新調したというわけじゃ……」

「はいはい、そこはいいから。……で、お姉ちゃん。その恋人さん、私には紹介してくれないの？　私だってお姉ちゃんの花嫁衣裳姿を見たいよ！」

「そ、それは……えっと……」

花嫁衣裳なら、すでに着た。それも高い身分の皇妃のために特注された最上級の錦織りだった。もう半年近く前のことになる。

長年敵対関係にあり、数年前に停戦したばかりの隣国、威。両国の友好のあかしとして相国に嫁いでくるはずだった威妃が、あろうことか、相国七代皇帝である叡明(えいめい)と、そろって出奔(しゅっぽん)してしまった。

　これにより、城にいるべき新郎新婦、しかも皇帝と皇妃がいないという異常事態が発生したのだ。ことが公になれば、両国間の新たな火種となるのは目に見えていた。二人の不在を、威はもちろん、相国内の反和平派にも悟られるわけにはいかなかった。

　皇帝の身代わりとして白羽の矢が立ったのが、叡明の双子の弟である郭翔央だった。

　そして、その翔央に威妃の身代わりとして見いだされたのが、当時下級官吏だった蓮珠である。威国語のできる数少ない相国民であり、国家機密を扱う重要性を理解する官吏であり、約十年の下級官吏生活で渡り歩いた各部署の経験と知識という威妃の身代わりとして必要十分な教養を持ちあわせていた。おまけに独身で妹の他に身寄りがなく、政治的な後ろ盾もないため、国内の政敵にバレて弱みを握られる心配もなかったのが、身代わりにちょうど良かったのだ。

　そこから、皇族である翔央と、下級官吏でしかなかった蓮珠との、身代わりの夫婦生活が始まった。そして、万が一バレた時に蓮珠が咎(とが)められぬように、書面上ではあるが婚姻の誓約まで立てたのだ。

　なので、恋人をすっ飛ばして、書類上はすでに夫婦になっている。その上、危ない目には遭ったものの入宮式……広く見れば、結婚式的なこともしたし、最上級の花嫁衣装も着せていただいた。ただ、蓮珠が誰と婚姻関係にあるのかは、その事情も含め、誰にも――世界一大事な妹にさえ、絶対に言えないことだ。

知っているのは、蓮珠自身と夫である翔央と、もう一人、身代わり劇の共犯であるこの国の丞相（じょうしょう）の李洸（りこう）だけ。察しているだろう人はあと二人ほどいるが、基本は三人の秘密になっている。書面もお役所の書類保管庫でなく李洸の手元にある。つまり、公的には存在していない婚姻の誓約書になっている。

紙の上だけの婚姻関係。それでも、本来結びつくはずもなかった蓮珠と翔央の縁を、かろうじて繋ぎとめている大切なものだ。

黙り込む蓮珠の顔を、翠玉が不安そうに覗き込む。

「どうしたの？　……もしかして、うまくいってないの？」

即答できなかった。自分たちほどの身分の差がある者同士にとって、『うまくいく』というのは、どういう状態を言うのだろうか。互いに互いを想っていることが確かめられれば、それで万事解決とはいくまい。

「……なんてことないわ、翠玉。宮城が近づいてきたから、どうしても朝議のことを考えてしまって気が重くなってきただけ。お亡くなりになった范才人様の件、今朝の朝議で報告があるって話を張折様から伺ったの。でも、きっと派閥争いのネタにされるだろうなって思うと……」

蓮珠は、そう誤魔化して苦笑する。

「范才人様の件……。発見者だもんね、お姉ちゃん。そうだ！　怖い夢を見そうになったら言ってね。都に来たばかりのころみたいに、手を繋いで一緒に寝ようよ！」

翠玉の言葉に、蓮珠はプッと吹き出した。

「あのころならともかく、今の翠玉じゃ、わたし、寝台から蹴り落とされちゃうよ。翠玉の寝相は、ちょっとどころの悪さじゃないもの。……あっ！　わたし、きっとあれで多少のことにも動じないで寝ていられるように鍛えられたんじゃないかな？」

「……ちょ、お姉ちゃん！」

顔を赤くした翠玉が、蓮珠の肩のあたりをポカポカと叩きながら叫ぶ。

「そういう話だけ、みんなに聞こえるような声の大きさで話すのはやめてよね！」

まだまだ子どもっぽい翠玉の頬を指先でつついて、蓮珠は目を細めた。

相国の朝議は、宮城から皇城側に入って一番手前の建物である奉極殿で行なわれる。

床から数段高くした場所に皇帝の机と椅子が置かれ、相国第七代皇帝の郭叡明が座していた。その一段下の段の左には、皇帝の側近として内政改革を進める丞相の李洸が立ち、右には、後宮警護隊を率いる女性武官として常に皇帝警護に勤める冬来が立っている。

壇上の皇帝を仰ぐのは、床に並んで跪礼する上級官吏たちであった。官位が高いほど皇帝に近い前方の列に、蓮珠のように上級官吏としては下っ端の者は後方で跪礼することとなる。

中央の上級官吏は約二百人。全員が常時朝議に出席できるというわけではないが、皇帝の通る中央を空けて、おおよそ半数ずつ左右に分かれ、横五人を一列として並んでいた。

本日は、滅多に朝議に顔を出さない翔央も列席しているため、それだけで朝議がざわつく。

翔央は皇族でありながら、自らの手で相国民を守るという信念を持ち、相国では低い扱いを受ける武官の道を選択した。そのため、文官としての位を持っていない。

上級官吏しか入れない場に、皇族とはいえ武官が入ることを快く思わぬ者が少なからずいるのだ。もっとも本日の彼は鎧を身につけた武官姿ではない。皇族である『白鷺宮の翔央様』として、皇城司の統括という公務を行うため、滅多にない直袍をまとった姿での登場のようであった。

なぜ曖昧かというと、蓮珠は朝議において発言することのない官位なので、跪礼したまま朝議が始まり、顔を上げることなく朝議が終わる。そのため翔央の姿を直接見ることはできない。

横を過ぎていく足元を見て、武官姿ではないとわかっただけで、後はただ、その声を聞くのみである。

いくつかの緊急議題が話し合われてから、李洸の前置きを挟み、翔央が范才人の件について報告した。

「すでに主上もご存じのことではございますが、范才人が取り壊される予定の鶯鳴宮にて卒去(そっきょ)されました」

皇妃である才人の品位（位階）は正四品であり、その死には「卒去」の言葉を用いて敬われたが、それは報告の冒頭のみのようだった。

「范才人の死因に関しては、刃物傷からの失血死と見てほぼ間違いないそうです。同じ場所で血のついた短剣も見つかっております。范才人の倒れていた場所の近くに落ちておりましたことからも、范才人の死はこの短剣によるものと思われます。ただ、お亡くなりになった状況の詳細は不明でございます。医局の検分では、范才人は同時に発見された紙束の上から自分の胸を幾度か突いたようであるとのことでした。刺さり方が紙束の厚みの分、少々浅かったようで……これにより即死とはならず、血が流れ続けたことが死因となった蓮珠は思わず顔を上げた。視線の先、翔央が報告書の束と思われるものを自身の胸に押しつけ、その上から拳を当てていた。

「この紙の束なのですが、短剣で刺したことで、ほとんどが破けてしまっております。その上、血に濡れてしまっており、判読は不可能な状態でございました。かろうじてわかることは、何かが書かれていたらしい、ということだけです」

翔央は拳を下ろすと、再度手元の書面に視線を向けた。

蓮珠は范才人の最期の言葉を思い出す。彼女の言っていた『文書』はもう誰にも読むことはできないのだろうか。

「次に范才人と一緒に発見された女官のほうですが、複数人の確認により春華と呼ばれていた女官で、宮付き女官……というより、范才人個人付きの侍女であることが判明しております。この侍女の死因ですが、医局からの報告では、どうやら毒によるものと考えられるそうです。こちらも死の経緯は今のところ不明ですが、髪の乱れや後頭部の外傷などから、何者かに対して強く抵抗したと見られます」

翔央の報告に朝議の場がざわついた。直接口にはしていないものの、翔央の報告は、侍女が無理やり毒を飲まされ殺害されたことを示していた。

「だいたい把握した。ほかには？」

ざわつきを遮るように皇帝が弟宮に問う。朝議の場では皇帝の直言は滅多にないことなので、場が静まり返った。その静けさの中、翔央がその場で跪礼して、兄帝に応じる。

「はっ、主上。もう一点、ご報告しておくべきことがございます。鶯鳴宮の鍵と思われるものを、二人とも所持しておりませんでした。宮は、先の鶯鳴宮殿が都を去られてから半年、厳重に施錠されておりました。当日、取り壊し前の確認に行部官吏たちが訪れた際、解錠した皇城司も鍵がかかっていたことを確認しております。……どうやってお二人が施錠されていたはずの鶯鳴宮に入ることができたのか。もっと手前のことを言えば、いつどのように後宮を出たのか。それさえも今のところ不明にございます」

蓮珠の口から小さく「えっ？」という声が漏れる。ハッとして口元を笏板で抑えた。周囲もざわついていたので目立ってはいないようだ。安堵した視線の先、壇上の皇帝は無言ながらも、弟宮の報告にわずかに目を見開いていた。

翔央が報告の終了を告げると同時に、朝議の場が大いにざわついた。

「おい、陶蓮。下を向いておいたほうがいい。……こちらに話を振られると厄介だぞ」

隣で跪礼する黎令が小声で言った。蓮珠は慌てて顔を下げる。幸い最後列なので、前方を向いている方々には、ひょこっと上がっていた蓮珠の頭は見えていない。

後方の官吏たちは頭を下げたまま、左右の者と小声で意見を交わしていたが、前方にいる上の位の方々は、顔を上げて好きに意見を口にしていた。

「范才人が自ら胸を突いたとなれば自害ではないか。城内に死の穢れを残すなど、なんと嘆かわしいことだ。我らが主上の御代に対する冒涜にほかならぬ！」

「状況はともかく……本当に自害なのでしょうか？　遺書などはあったのですか？」

遺書という言葉に蓮珠は再び顔を上げそうになって、かろうじて抑えた。

范才人の最期を思い出す。彼女は、血に染まった紙の束を差し出し、主上に許しを請うていた。あの紙束こそが、前列の官吏が言う遺書だったのだろうか。たしかに、『これはわたしが選んだ結果』であると言っていた。

でも、もし本当に自害だとしたら、どうして、わざわざ後宮を出て、鷲鳴宮に忍び込んだのだろうか。あの場所に何か意味でも？　それだけではない。あの時、范才人はどうして、あの紙束を「あなただから」と言って蓮珠に差し出したのだろうか。

いったい何が書かれていたのだろう。そして、なぜ自分に渡そうとしたのか。その理由は、もしかするとあの文書に記されていただろうか？

一介の官吏でしかない蓮珠と今上帝の皇妃である范才人に、接点らしい接点はない。後宮の廊下で遭遇したあの時、蓮珠は威妃の身代わり中だった。蓋頭を被っていたから、こちらは范才人の顔を覚えていても、相手が蓮珠を『官吏の陶蓮珠』として認識していたとは思えない。それとも、心見の妃と呼ばれた彼女には、心の中だけでなく、蓋頭の下の顔かたちも見えていたのだろうか。

そんな馬鹿なこと、あるわけがない。人の心を言い当てたり、先々のことを口にしたりするのは、天帝(てんてい)や西王母(せいおうぼ)の御業(みわざ)、あるいはこの世ならざるモノのすることであって、人の領域ではないはずだ。

そうは思っていても、蓮珠の頭から離れない范才人の言葉がある。

「今では貴女がお一人で抱えていらっしゃる秘密」
「その秘密は、これまでもこれからも貴女に重い選択を幾度も迫る」
「選ばなかったものを永遠に失う」

それらの言葉が、蓮珠の心をざわつかせる。この胸の奥に秘したものが、范才人には本当に見えていたのだろうか。

事実、蓮珠が胸に秘め続けるこの『秘密』には、これまでに幾度も重い選択をさせられてきた。

過去を言い当てた范才人の言葉が、未来も言い当てるのであれば、その選択の日は、いつ来るのだろう。できるなら、それを教えてほしい。

そう強く願い、跪礼のまま床を睨みつける蓮珠の耳に、前方からざわつきを遮るような声が聞こえてきた。

「皇妃の自害の理由は、主上の寵愛を得られなかったことへの悲嘆によるものでございますかねぇ……」

「おお、たしかに。……亡くなられた范才人は、このたびの宮妃への下賜の候補に入っておられたはず」

わざとらしいまでの感嘆の声が、蓮珠のいる後方にまで届く。

宮妃への下賜、という言葉が、蓮珠の鼓動を早めた。

皇妃を宮妃として下賜するという案は、立后式(りっこうしき)後から人の口に上るようになった話題だったが、今ではすっかり朝議での決定事項のように扱われている。

それというのも、あの立后式が主上のご寵愛が威皇后ただ一人に与えられている事実を周囲に見せつけるものになってしまったからだった。

「立后式前の件にしても、寵愛の偏りを示したにすぎませんでしたからな」

蓮珠は跪礼したまま、冷や汗が出て来た。

立后式の時期、蓮珠は相国内では珍しい威国語のできる女官吏であることから、立后式列席のために威国から訪れた公主のお世話役として、期間限定で後宮の女官をしていた。その仕事自体は問題なかったのだが、後宮女官をしている蓮珠の元を忍んで訪ねてきた翔央が兄帝と勘違いされ、蓮珠は寵を受けた女官として、わずかな間ではあるが皇妃に祭り上げられてしまったのだ。

皇后となる威妃にしかお渡りにならない皇帝が、女官に寵を与えたということで、後宮はもちろん、政治まで巻き込んだ騒動に発展した。

「女官に寵をお与えになったかと思えば、潔斎中の威皇后様への取り次ぎを頼んでの押問答など……。まだお若いとはいえ、主上はもうとうに分別の付かぬ子どものような歳ではないのですから。臣下として、色々と不安にございますよ」

蓮珠のほうが大いに不安だ。蓮珠と翔央の……というより弟宮の不始末の処理を、皇帝自らかぶってくださったのだ。だから、この話題で冷や汗が出るのは、皇帝でなく、蓮珠であり、翔央のほうである。さっさと話題が変わりますように、と祈るうちに、前方で大げさに声が上がった。

「おお、子どもと言えば、現状主上にはお世継ぎがおられません。これは大きな問題でございます！」

流れ作業のように、朝議の話題がいつもどおりの皇帝の後継者問題になった。普段は政の在り方をめぐって対立する派閥の長たちも、こういう時だけは見事に連携するのだから不思議なものだ。

いずれにしても、話題が変わったなら安心。そう思っていた蓮珠だったが、後宮の古狸たちは、すぐに別の獲物を狩ろうとし始める。

「白鷺宮様、関心のないお顔をなさっておられますが、他人事ではございませんよ」

ちくりと針を刺すような一言が、弟宮に向けられた。

「主上に万が一のことがあれば、皇位は白鷺宮様に移るのです。その白鷺宮様に至っては、後嗣を得る以前に宮妃もいらっしゃらないのですから」

「幼い雲鶴宮様はともかく、白鷺宮様も長兄であらせられる飛燕宮様も、ご自身のお立場をお考えになってはいかがか？」

現在帝位にある叡明にもしものことがあれば、皇位には飛燕宮の秀敬・白鷺宮の翔央・雲鶴宮の明賢のいずれかが就くことになるしかし、この宮たちは子がいないばかりか宮妃もいない。十歳にもなっていない雲鶴宮はともかく、成人して十年以上になる秀敬と翔央の二宮に宮妃さえいないのは、皇族として問題だという話になる。

ここまでくれば、話は先ほどの皇妃を宮妃として下賜する話へと戻ることになる。

「やはり、ここはお覚悟を決められて、例のお話をお受けになっては?」

翔央はなんと答えるのだろう。今日こそは、宮妃を迎えると口にするだろうか。

「主上。自分がここに立つべき議題は、もうすでに終わったようなので、御前を失礼させていただきたく……」

翔央の不必要なほどよく通るその声は、彼が抱いている不快な気持ちごと、はっきりと最後列にまで届いた。蓮珠の隣で黎令が「お強いなあ」と呟いた。

だが、無視された形になった前列の最高位官吏が、これを黙って受け入れるわけがない。

「白鷺宮様、あなたという方はですな!」

説教が始まってしまった。今日も長い朝議になりそうだ。

第二章　地始凍

「ちはじめてこおる」

白鷺宮への説教終了後も各部署の懸案事項が話し合われ、本日の朝議は通常より一刻ほど延びてから、ようやく終わった。行部に戻ってきた蓮珠たちを迎えた部署の他の面々は、そろいもそろって緊張で顔をこわばらせていた。

「いかがでしたか？」

蓮珠の副官魏嗣が部署の者たちを代表し、三白眼を見開いて問いかけてくる。

「葬儀の『そ』の字も出やしねえ。……わからん」

応じた張折の回答に、皆が肩を落とした。

「勘弁してくださいよぉ〜、皇妃相当での葬儀となれば国家行事です。それなりに準備や調整が必要になってくるんですよ！　ただでさえ、冬至の大祭を目前に控えて大忙しだっていうのに……」

黎令の副官である何禅（かぜん）が、巨躯を揺らして上官に訴える。

「僕に嘆くなよ」

黎令が笏板を机上に放りだす。

范才人の死は、朝議ではかっこうの政争のネタであったが、国家行事の部署間調整を職掌とする行部としては、彼女の葬儀をどうするかが一番の関心事だった。

おまけに、何禅が言うように、冬至の大祭に向けた準備で、部署はすでに手一杯の忙しさだ。冬至は、古くから新年の祝いに次いで大切にされてきた行事である。皇帝は西王母を祀り、庶民は神や先祖を祀る。都で商売をする地方出身者は、この時期に合わせて休業し、わざわざ故郷に帰るほどの重要な日なのだ。

「困りましたね、どうにか方向性だけでも決めていただけないものですか、張折様？」

下級官吏がおろおろと部署の長の顔を窺う。

「無理言うな、最前列の妖怪爺どもがやり合ってる中に放り込まれた日には、ひ弱い俺なんてあっという間に蹴散らされるっての」

張折はから笑いで天井を仰いだ。

「……やれやれ。今回の件で鷲鳴宮の取り壊し前調査も棚上げだ。それこそ冬至前に済ませる予定だったたってのに。本格的な冬が来る前に壊さねえと、工人たちを春まで都に留めおくってわけにいかないんだからな、懐事情的に……」

張折が適当な紙に筆で数を綴っていく。工人確保にかかる諸経費の再計算を始めたようだ。軍師時代に兵站の確保などで苦慮した経験からか、張折はこの手の計算だけはとても細かく、しかも正確なのである。

「自害だということにはならなかったのですか？　あの状況なら、その可能性が高そうですが」

ひょろっとした体にちょこんと乗った頭を傾け、魏嗣が蓮珠に聞いてきた。

自害となれば、神聖な城内を血で穢した罪により皇妃位から外される。その場合、葬儀も実家でひっそりと行なわれることになる。

「侍女殿は毒殺の線が濃厚なんです。そうなると、主である范才人様も同一犯に殺された可能性が捨てきれないわけで……」

蓮珠の説明に、魏嗣が三白眼を見開いた。

「なんと、范才人様の侍女殿は毒殺ですか？　どうりで口元の血が黒かったわけで」

「朝議の報告ではそういう話になっていたが、二人とも殺害されたんなら、わざわざ范才人とは別の方法で侍女を殺した意味が解らねえ。その范才人だって、衣服の状態からためらいなく短剣で一突きしたのかどうかとか、血の拡がり具合で誰か他にいたのかとか、わかることはあったはずなんだよ。……それを取り乱した范昭が、范才人の遺体を動かして、場をぐちゃぐちゃにしやがって……そりゃ、死んだ娘を前に冷静になれってのは酷だとわかっちゃいるが、曲がりなりにも皇城司の長だろうが、まったく……」

張折が筆を止めて、悪態をつくと口をへの字にした。

「……范昭様、今日の朝議はご欠席されていましたね」

娘の遺体を前に泣き崩れた范昭の姿を思い出し、蓮珠は唇を軽くかんだ。

「さすがにあれはきつかったんじゃないか？　范家としても、父親としても。自分の娘が皇妃になったことへの期待も大きかっただろうし」

黎令が重い口調で言うと、室内も静まり返る。

「まあ、真相とやらがどうであれ、疑わしいぐらいなら皇妃相当で送り出すべきだろう。そのほうが後で揉めなくて済む」

張折がそう言って、首を軽く振った。

自身の家の者が国からどういう扱いを受けるかに、こだわる家は多い。まして、皇妃を出した家ともなれば、矜持も並みならぬものがある。後から文句が出るくらいなら皇妃として葬儀を行なったほうがいいというのも一理ある。

うなずく蓮珠だったが、気づくと朝議に出ていた三人を除く部署の面々が、一様に複雑な表情でお互いの顔を見合わせている。

「……どうした？」

張折が問うと、彼らの視線が一点へと向けられた。

そこは行部が内密な相談をするのに使用する小部屋だった。

「誰か来ているんですか？」

蓮珠が確認するも答える者がいない。皆、言い出しにくそうな様子で、再びお互いを窺っている。

結局、ここでも魏嗣が部署員の代表をさせられた。

「その……范才人様の葬儀について話したいことがあると……」

「どこの部署だ？」

張折が怪しむように眉を寄せ、小部屋を睨み据える。すると、魏嗣が慌てたように小声で言った。

「范昭様がいらしております……」

客人の名を聞き、張折が蓮珠と黎令に目配せする。

黎令とそろって頷き返し、張折と共に蓮珠も小部屋に入った。

行部の相談用の小部屋は、扉一つで窓もない。その扉を開けると、室内にいた一人の小男が椅子から立ち上がった。范才人の実父、范昭である。

張折が用向きを尋ねれば、范才人の遺品から遺書を見つけたという。その表情は厳しい。

「張折殿、これを。……あなたから主上にお渡しいただきたい」

范昭は、娘の死を悼み床に臥せっていたということだったが、目の前の姿からは落ち込んでいる様子をまったく感じられない。

「なぜ、行部にお持ちいただいたのですかな？　ご自身で主上に……あるいは朝議にて丞相にお渡しすることもできるのでは？」

張折は、すぐに遺書を見せろとは言わずに、まず行部に来た理由を問う。

「……人が居ぬ間に朝議では娘のお話を色々となさったのでしょうな。娘の遺したこれを、下らぬ腹の探り合いの道具にされるのは勘弁願いたい。張折殿は主上に近く、しかも私と同じく家長ではない方だ。派閥に縛られぬ分、誠実に取り扱っていただけると思っている」

范昭は手にしていた折りたたまれた紙を張折に差し出した。受け取った張折が「拝見しても？」と問えば、無言で拱手（きょうしゅ）する。

張折が紙を広げると、そこには細く繊細な字が綴られていた。

わたくしは、いつからか夜が怖いのです。

次に目が覚めた時には、あなたを永遠に失っている気がして。

できるならば、手を繋ぎ、ともに深い眠りへと落ちてゆきたい。

それを願いながら、叶わぬままに想いを募らせ、耐え難いまでに至りました。

一人の夜が怖いのです。あなたがいらっしゃらないまま朝を待つのが怖いのです。

なにより、あなたと離されてしまう日が来るのが怖いのです。

こんな愚かなことを選択したわたくしを、あなたは許してくださいますか。

どうかお許しいただきたい。あなたなしには生きられぬ身なのです。


紙がたたまれる音がして、室内に呼吸が戻った。黎令が派手に咳きこんだ。だが、それがおさまっても、誰も言葉らしい言葉は発せずにいた。

ややあって、范昭が呟くように言った。

「何があったのかを後宮の管理方に調べるよう、きつく申しておりましたところ、このようなものが発見されたと、先ほど私の元に届いたのだ」

「これが見つかったのは、范才人の宮ということでよろしいか?」

張折は常とは違う重々しい口調で范昭に確認する。

「ああ。後宮に賜った部屋の書斎から見つかったと聞いている。……娘が主上の寵を賜ったとは聞いていないが、皇妃がこのような文言を残す相手はお一人だけだ。娘は宮妃に落とされたくなかったのだろう。……主上に対し、貞節を守ったと言えば聞こえは良いが、神聖な皇城で死の穢れを出したことには変わらん。皇妃位を返上し、范家にて送らせていただく」

范昭が姿勢を正し、再び拱手する。張折も拱手し、「確かに承りました」と返した。そして、顔を上げると魏嗣を呼び、彼に范昭を送らせた。

「遺書が見つかっては、自害で確定ですね」

范昭の去った部屋で、黎令がため息交じりに言った。

「そうか？　……俺は、なんか引っかかるけどな」

張折は眉を寄せたまま、机上に置いた折りたたまれた紙を見つめる。

しばらくして戻ってきた魏嗣が、無言で机上の紙を睨んでいる三人に、言いにくそうに声をかけてきた。

「……申し訳ございません、またお客様が」

「ん？　今度こそ冬至の件でどっかの部署から確認か？」

顔を上げた張折が問うと、魏嗣は三白眼を見開き、一つの部署の名を口にした。

「秘閣校理（ひかくこうり）様が、お供に武官の方を伴ってお待ちです」

「なんだって秘閣が？」

張折の眉間に縦皺が出る。無理もない、秘閣は国家行事に深い関わりのある部署ではない。

秘閣は、二代皇帝が建てた国の貴重書籍・書画を保管する所蔵庫の名であると同時に、その管理・研究を行なう部署の名でもある。校理とは、その部署の次官にあたる。だが、秘閣の長官であれ次官であれ、秘閣の職掌を考えるに、行部に問い合わせに来るというのはおかしなことだった。

「……冬至に資料の虫干しでもする相談か？」

冗談を口にしながら小部屋を出た張折だったが、相手を確認したところで足を止めた。

「突然お邪魔して申し訳ありません、張折殿。ああ、こうしてお声がけするのはいつぶりでしょうか」

部署の出入り口あたりに立っていたその人物は、張折の姿を確認すると足早に歩み寄ってきた。魏嗣の言う秘閣校理というのは彼だろうか。中級官吏を示す赤衣の官服を身にまとっていた。典型的な文官らしい細面に、穏やかな微笑を浮かべている。顔立ちの系統は違うが、持っている雰囲気は翔央に似ている気がした。

この人、どこかで会ったような……。蓮珠が、じーっと相手の顔を見ていると、張折がいつもの飄々（ひょうひょう）とした態度で跪礼する。

「これはお珍しい、飛燕宮（ひえんきゅう）様が小官をお訪ねくださるとは……」

張折の言葉に、蓮珠はハッとした。

飛燕宮の郭秀敬は、今上帝の長兄にあたる。

威妃の身代わりとして出席した入宮式後の祝宴会で、蓮珠は彼を見ている。

だが、皇族として華やかな衣装を身にまとっていた祝宴時とは違い、官服をまとっているせいか、まったく気づかなかった。

比べて、その付き添いだという鎧兜の武官は、どこか人の視線を引き寄せる力を持っている。そのため、すぐに誰なのか気づいてしまう……と思うのは、自分の欲目だろうか。

「白鷺宮様もこちらへ。弱小部署の扉前にそのように立たれては、誰も出入りできなくなりますので」

内容としては「そこにいると邪魔だから、どけ」と大差ないぞんざいな言い分だ。それでも問題にならないのは、張折が先帝の時代に当時第三・第四皇子であった叡明・翔央の家庭教師をしていたためである。師弟の絆は今でも強く、軍師だった張折が文官になったのも、叡明の願いに応じたからだと蓮珠は聞いている。翔央に対する張折の言葉にも、二人の距離の近さを感じさせるものがあった。

「黎令、陶蓮。二人もご挨拶を」

張折に呼ばれて、蓮珠は急に緊張した。翔央だけならまだしも、秀敬も居る。あくまでも行部官吏として接しなければならない。

自分を落ち着けるため目を閉じて「ここは行部、ここは行部」と小さく唱えてから、張折に倣(なら)って二宮の前に跪礼し、官吏らしい一声を発した。

「行部侍郎(じろう)、陶蓮にございます」

部の長官を尚書(しょうしょ)、次官を侍郎と呼ぶ。ただ、蓮珠にとっては、めったに名乗ることのない肩書である。というのも、吏部(りぶ)、戸部(こぶ)、礼部(れいぶ)といった伝統ある六部と異なり、行部は今上帝が行事の部署間調整のために作った。部内十数名の小規模な部署で、他部の者からは、一つの部として認められてすらいない。

そんな弱小部署でも、飛燕宮様は優しいお言葉をかけてくださる。

「立ってください。このとおり、本日は赤衣の身です。翔央(この子)もあくまで武官として私に付き添ってくれているのです。紫衣の方々に膝を折っていただくわけにはいきません」

秀敬の声に促されて、蓮珠は顔を上げる。秀敬と目が合うと、こちらを安心させるように、笑んでくださった。

威妃の身代わりとなって参加した祝宴の時も思ったことだが、やはり翔央に少し似ている。全体に爽やかな印象を受ける人物だが、翔央とはあまり似ていないやや厚みのある唇だけが、かすかに色香を漂わせていた。

「先の主上に……上皇様にますます似てきましたね」

立ち上がるついでに張折が言うと、秀敬は集まる視線から逃げるようにうつむいた。

「よしてください。……自分はもっとも玉座に遠い身なのですから」

張折は秀敬に従い、それ以上は口にしなかった。

秀敬は、母后の身分が低かったため、先帝の代に皇位継承から自ら外れた人だ。蓮珠は先帝時代にはまだ下級官吏でご尊顔を拝したことはないので、真偽のほどはわからないが、先帝の五人の皇子の内、秀敬がもっとも先帝に似ていると言われているのは、聞いたことがある。

「では、秘閣校理殿。行部へのご用件をお伺いしましょう。あちらの部屋へ。……武官の方もご一緒にどうぞ」

張折は秀敬の後ろに控えている翔央にもそう声をかけた。

「付き添いの身です。部屋の外にて待機いたします」

声を張ったわけでもないのによく通る中低音が、蓮珠の耳に届く。思わず官服の袖で口元を隠した。初めて会った時から、蓮珠は翔央の声に弱い。油断をすれば、簡単に口元が緩んでしまいそうになる。

「どうしたんだ、陶蓮？」

傍らの黎令が不審そうに尋ねてくる。

「い、いえ……。我々も部屋の外に控えていようかなって」

「当たり前だろ。呼ばれたわけでもないのに何を言い出すんだ？」

黎令の表情が呆れ顔に変わる。馬鹿なことを口走ってしまったと反省する前に、張折がこちらに向けて大きく手招きをする。

「後で話すのが面倒だから、お前らも来い」

そう言って部下ごと小部屋へ入ろうとしたが、これには秀敬が軽く首を振った。

「いいえ。すぐにお暇いたします。私たちがお尋ねしたかったのは、それほど長い言葉を必要としませんので、この場でお尋ねして、お答えをいただければ、それで解決です」

「……と申しますと？」

「私は、范才人殿の葬儀が皇妃扱いになるか否かをお聞きしたかったのです」

秀敬の言葉を受けて、蓮珠は一つ尋ねてみた。

「どうして、飛燕宮様がそれをお気になされるのですか？」

「皇妃扱いでなければ、葬儀は身内の者で送るのみになり、私たちはもちろん、范才人殿と仲の良かった皇妃たちも見送ることができなくなってしまうからです。それは……とても寂しい話ではありませんか？」

故人やその周囲への思いやりを感じさせる秀敬の言葉と口調からは、優しくて誠実な彼の人柄が感じられた。それに、秀敬からしたら蓮珠は初めて顔を合わせる官吏だ。それでも、秀敬は丁寧に答えてくれた。

「飛燕宮様は、范才人とご交流がおありで？」

張折が問うと、秀敬はうなずいて弟宮のほうを見る。

「彼女と私たち兄弟は書画を通じて知り合い、入宮後も手紙のやり取りをしておりました。……皇妃というと、細くたおやかな筆を思い浮かべるかもしれませんが、彼女の筆は力強く男性的ですらありました。ただ、男性的と言っても荒々しさではなく、なんとも清々しい字をしていらした」

まあ、後宮にあって男装で過ごされていたような方だから、わからなくもない。蓮珠は、自然とうなずいてから、あることに気づき張折の顔を見た。

張折はあえて蓮珠の視線に気づかぬ顔で、秀敬の話を聞いていた。

「彼女は後宮において、多くの妃嬪から慕われる存在でした。見送れないとなれば、悲しむ者も多いでしょう。ぜひ、皇妃相当で送っていただきたい！　あ、いや……そうしていただけたらと思いまして……」

秀敬は語尾を濁した。赤衣をまとってこの場に居ながら、強い言葉を使ってしまったことで、皇族として圧力をかけてしまう可能性があると思い至ったのだろう。

だが、張折はそれを気にする様子もなく、他の官吏が行事に関してあれやこれや言ってくるときと同じように返した。

「申し訳ないが、我々行部は主上の決定に従って国家行事を取り仕切るのがお役目です。なので、朝議がどう判断するかを待つよりありません。伺ったご意見は、心に留めておきます。まあ……俺の個人的意見としては、自害であるか否かにかかわらず、皇妃相当で送るべきとは思っておりますがね」

「そのお言葉だけで充分です」

ほっとしたように秀敬が張折に拱手する。

あっさりとひいた態度からは、張折がどう返答するかは、秀敬にもわかっていたのではないだろうかという感じがした。

皇帝とはいえ実の弟、叶えたい願いがあるなら、弟帝に直接話せばいい。もっとも、あの主上が兄弟の情で決定を覆すような人だとは思えないが。

それなのに、わざわざ官服で行部まで訪ねてきたのだ。その裏には、皇妃相当の葬儀に決まらなかった際の口添えへの期待があったのだろう。なにせ、行部の長である張折は、白鷺宮だけでなく今上帝にとっても元家庭教師。彼の言うことならば、弟帝も聞くかもしれない。そう思ったのではないだろうか。

普段、朝議とは一定の距離を置いている秀敬と翔央。その彼らがここまで強く見送りたいと思うとは……。彼らの目に、范才人はどんな人物として映っていたのだろう。蓮珠の中の范才人は、強烈な印象ゆえに、かえってとらえどころのない遠い存在だった。

「……ただ、殺害や事故だという強力な証拠がない限り、朝議の判断は自害一択のはず。そこは、ご理解いただきたい」

張折が急にそう言いだし、蓮珠と黎令はそろって首を傾げた。そんな二人に張折が解説を加える。

「いいか、皇妃が許可なく後宮の外に出ていただけでも問題だ、ってのは、当然わかるよな？　これが、さらに皇城の閉鎖されていたはずの宮で殺されたとなると、大問題にもほどがある。……裏を返せば、相国の皇妃は後宮の外で何者かと密会できる状態にあることになっちまうからな。だが、そんな話になれば、皇室の血の正統性が崩れちまうだろうが」

飛躍のある発想だが、うなずけなくもない。相国は太祖から続く郭家の朝だ。だが、皇妃が皇帝以外の男と密会できるとなれば、その血統に疑いが生じてしまう。今回の范才人の件だけにとどまらず、その疑いは過去にも未来にも影を落とすことになるだろう。

「もっと言えば、これは国内だけの問題じゃない。皇城警備が目の粗いざるだって言っているようなものだ。国の中枢部がそんな状況だなんて……、この国を飲み込みたくてしょうがない他国のお偉いさんたちが大喜びするだろうよ。翌日にも軍を率いて栄秋に攻め込んでくるかもな」

それは先ほどより飛躍した考えではないか？　蓮珠が眉を顰めると、張折が続けた。

「今や栄秋は大陸中の金が集まる街だ。隙あらば手に入れたいと思っている輩は多い。そういう奴ら相手には、いくら警戒してもしすぎということはねえ。戦いの鉄則は、相手が攻めこめると思うような隙を見せないことだ。……だから、真実がどうであれ、朝議の処理としては范才人の死は自害になる。それ以外の結論は、国としてあってはならない」

元軍師である張折の最大の判断基準は、戦争になるかならないかだ。

官吏としての蓮珠の目標も、この国を戦争のない国にすることだが、まだ張折ほどには国の建前を真実や人の情よりも優先することに納得できずにいる。

一人の人間の死を、国の都合で歪めることになってもやむなしとは言い切れない。

それは、翔央も同じことなのだろう。彼は芯の通った強い声で張折に応じた。

「わかっています。……それでも、私は彼女が自害ではないと信じている。私だけではなく、彼女を直接知る者であれば、誰もが口をそろえて同じことを言うでしょう。自害でなく殺人でもなければ、なんらかの事故が起きた可能性もあるのでは？」

「なんらかの事故……とは？」

「さあ、それが何かは自分にはわかりませんが……、行部の方は実のところご存じなのではないですか。先ほどから侍郎のお二人が、しきりに張折様の表情を窺っておいでだ。なのに、貴方は知らぬ顔で、役人の建前の話ばかりをなさっている」

「おかしなことをおっしゃる。役人が役人としての表向きを語るのは当たり前でしょう。なにせ、この二人は侍郎と言っても上級官吏になりたての従三品。学ばせねばならないことばかりでして……、いやあ、宮様方の前だというのに申し訳ない」

「役人の建前など、各部署を渡り歩いてきた陶侍郎殿には不要なのでは？」

張折がいつもの軽い調子で言うも、翔央が一語一句強く返して、会話の重さを維持する。長身二人が顔を突き合わせていると、間に挟まれた小柄な蓮珠は、いっそう小さくなるよりない。

互いに譲らない上司と皇族二人……というより、上司と翔央の間の緊張に、行部室内はいきなり大寒が来たかのような寒さになってきた。

その寒さに耐えきれなくなったのか、黎令が蓮珠に視線で、どうするか問いかけてくる。

蓮珠は張折を真似て、これに気づかぬふりをした。蓮珠としては、この冷気の吹っかけ合いに、正直参戦したくない。それに、范昭の持ってきた遺書の存在を、張折が隠している理由も気になる。

范才人の遺書は、実は、まだ張折の机上に置かれたままになっている。張折の机の上は常に物が散らかっているので目立ちはしないが、「これ、気づかれたらどうするんだ？」と思うと、蓮珠としては気になってしょうがない。

「……翔央は見た目だけでなく、中身も主上に似てきたのかな。以前より言うことが遠回しになったようだね」

極寒の行部に、春風のように秀敬のやわらかな声がふわりと流れた。

「わかった。秀敬兄上がそうおっしゃるなら、こうしよう」

翔央は長身ゆえの大きな一歩で張折の机に近づくと、蓮珠と黎令のほうをちらっと見てから、折りたたまれた紙を手に取った。

「張折殿、役人の建前より先に、あの二人に教えることがあるのでは？　あんなにあからさまにこの紙を見ていては、誰だって気づく」

「残念ながら、俺は人に何かを教えるのに向いてないんだよ。過去の教え子の今を見りゃ、それがわかるって話だ。師に対する態度がまるでなってない」

翔央の皮肉に、張折は嫌味で返す。

「……お前ら、役人続けるにしても、外交の場には出るなよ。そんな雄弁な面をしてちゃ、他国に情報を抜かれまくるぞ」

張折が苦々しく言って、蓮珠と黎令を睨みつける。だが、それでもまだ、翔央が手にした紙の正体を口にしない。蓮珠は、そのことが引っ掛かり、上司の次の言葉を待とうと黙ったが、傍らの同僚はすぐ声を上げた。

「仕方ないじゃないですか、張折様が何をお考えになって范才人様の遺書の存在を隠しているのか、僕らにはわからないんですから……」

黎令がすねたように口にしたことで、蓮珠は頭を抱えた。

「范才人の遺書？」

二宮の反応に、張折が天井を仰ぐ。

「……ここにいるのが語りたがりだってことを忘れていた。せっかくの計画が丸つぶれだ。何も知らずに読ませた時の反応が知りたかったってのに……」

蓮珠はようやく張折の真意に気が付いた。あの折りたたまれた紙が二宮に見つかるまでは、計画の内だったのだ。問題はその先、范才人の遺書だと知らないまま、二人があの文章を読んだなら、遺書だと思うかどうかである。

「我々二人に何をさせるつもりだったんですか、張折殿？」

秀敬が改めて問うのを受けて、張折はもったいぶることなく紙を開いた。

読んだ二人は、なんとも言えない顔になった。

「俺の知っている范才人の字とは、少し違う気がするが……」

とまどい気味に呟く翔央に、秀敬も同意を示す。

「本当ですか？　しかし父親が言うには、これが范才人の遺書だそうです。お二人がいらっしゃる少し前に范昭殿がいらっしゃって、置いていかれました。後宮の管理方に何があったか調べるように言ったところ、これが届けられたそうです。……主上にお渡しする前に、この文章がなにも知らずに読んだ人の目には、どう受け取られるものなのかここでちょっとばっかし確認しておこうと思っていたんですがね」

張折は説明しながら開いた紙を再び折りたたむ。

「過去にデキの良すぎる生徒を持っていたせいか、打ち合わせなしでもうまくいくと思い込んで失敗したようで……」

いつもの軽口が続くかと思えば、そこで張折が言葉を止めた。

「どうしました？」

秀敬が言って、張折の視線をたどる。蓮珠も同じように視線をたどり、行部の扉前に立つ一人の女性に気づく。

「千客万来かよ……」

小さく毒づく張折に、客人が微笑みながら歩み寄ってくる。

「お仕事中に失礼いたします。お初にお目にかかります、行部尚書様。わたくし、姓は呉、名は淑香と申します。……友人の訃報を聞き、都に駆けつけました。今お話ししていらした范才人様の遺書の件、わたくしにも詳しく教えていただけますでしょうか？」

張折の前に立った女性は、元呉妃、呉淑香だった。

後宮にいた時とは違い、花紋のない無地の深衣をまとっている。色も墨灰色で、非常に地味ないでたちをしていた。にもかかわらず、華奢な身体と愛らしい顔立ちは、後宮にいたころとなんら変わらぬ美少女っぷりである。

「小淑！」

秀敬が叫んで駆け寄る。

「いつ栄秋に着いたんだい？　ちゃんと花轎（駕籠）で来たんだろうね？　なぜ前もって手紙をくれなかったんだ、そうすれば迎えを出したのに……」

少し慌て気味に問いながら、淑香の髪から裙の裾まで確認する姿は、心配性の兄のようだ。

「秀敬様、落ち着いてください。もうわたくしはそのように幼名で呼ばれるような子どもではありません。都にだって、ちゃんと一人で来られましたよ」

秀敬を見上げる淑香の目が弓なりに細くなる。その顔には、後宮にいたころの呉妃としての落ち着きのある表情とは違い、少女のように翳のない笑みが浮かんでいた。

そうか、好きな人の前では、こんな表情をする人だったんだ。

そう思うと、自然と蓮珠の頬が緩んでいく。幼少期より変わることのない秀敬への想いを、蓮珠はかつて淑香自身から聞いていた。

蓮珠は、つい翔央の方に視線を向ける。すると、彼もまた蓮珠を見ていた。目が合って、何か言おうとして開いた口だったが、蓮珠は慌てて表情を引き締めると、行部官吏として淑香に尋ねた。

「呉妃……、いえ、呉氏様、どうして行部に？　先ほど、范才人様の遺書のことをおっしゃられていらっしゃいましたが……」

ここは行部だ、蓮珠が淑香と顔見知りだと、周りに知られるわけにいかない。淑香との交流は、あくまで威妃の身代わりとしてであって、行部官吏の陶蓮と彼女に交流があろうはずもないからだ。

なので、この場では再会の喜びは心の中に押し込めて、初対面の貴人に対する一官吏として振る舞わなければならない。そう思いながらの問いかけは、緊張に硬くなっていた。

だが、呉淑香という人物と蓮珠の身分の差を考えれば、その緊張は自然なことで、傍らの黎令もやや不自然な蓮珠を気にする様子もなく淑香の応答を待っていた。

呉淑香の養父であった呉然（ごぜん）は、大派閥呉家の家長で大臣職にもあった人物だったが、半年ほど前に皇帝暗殺を企てた罪により失脚した。それを受けて、皇妃だった淑香は妃位を辞して、都を離れていた。

聞く限りでは、都を少し離れたところにある道観（どうかん）（御堂）で、日々西王母に祈りを捧げる道姑（どうこ）となっていたはずだ。

淑香は蓮珠の問いに応じて、行部訪問の理由を改めて説明した。

「先ほども申しましたように、都へは友人である范才人様の訃報を聞いて、葬儀に参列するため急ぎまいりました。ですが、范家からは、家内での葬儀の準備を始めているという返答のみ。行部尚書殿、わたくしが納得できるように教えていただけますか。どうして彼女は皇妃として葬儀をしていただけないのですか？　先ほどお話ししていたように、遺書が見つかったのですか？　だとしたら、彼女のような心の強い女性に、一体何があったというのです？　何か、主上のご不興を買うようなことがあったのでしょうか？」

淑香はわずかに眉を寄せ、涙を気丈にこらえながら張折に問う。

ややあって張折がやんわりと言った。

「呉氏様、申し訳ないのですが、范才人の葬儀の件でしたら、まだどのような形になるか決まってはおりません。また、それをお決めになるのは主上であり、我々の部署は決定に従って、彼女をお送りするだけにございます。……ところで、范家から返事がきたというのは、いつごろのことですか？」

すると淑香は愛らしい顔を悲しみでさらに曇らせた。

「今朝です。范才人様の亡くなったとの知らせを昨日受け、その使いの者に葬儀についての確認もお願いして、すぐに登城できる支度も整えていたのですが……。今朝、都での逗留先にそのような返事がまいりました。とても納得できず、居ても立っても居られなくて、こちらにお話を伺わせていただきにまいりましたの」

この返事に、蓮珠は思わず翔央と視線を合わせた。范才人の遺書は、つい先ほど范昭の手で行部に持ち込まれた。まだ、主上にもその存在を伝えてさえいない状況だ。にもかかわらず、范家がすでに葬儀準備を始めているとは、一体どういうことなのだろうか。何をそこまで急いでいるのだろうか。

「……張折殿、借りるぞ」

翔央はそう言うと、張折の机上にある折りたたまれた紙を手に取り、淑香に言った。

「ちょうどいい時にいらした。ご用向きとは別件で申し訳ないのだが、後宮にいらした時間が長い貴女ならおわかりになるかもしれないので、教えていただきたい。これは後宮で見つかった書なのだが、どなたの手によるものだろうか？　主上に宛てた書でないなら大事であり、早急に書き手を探さねばならないのだが……」

　翔央の機転の良さに感心するよりない。淑香は『范才人の遺書』という言葉だけを聞いていたらしい。机の上に置かれている折りたたまれた紙をまるで気にしていなかった。だから、翔央は張折がやろうとしていた計画を、ほんの少し形を変えて実行したのだ。あの紙が遺書だと知らされずに読んだら……でなく、誰のものかもわからないが恋情を詠っているように思える文章と思って読ませたら、という形で『何も知らずに読んだ者にもこれは遺書に見えるのか』をやろうというのだ。

　質問したのが、張折や蓮珠ではなく、翔央であることも重要だった。淑香は後宮にいたからこそ、本人も気づかぬうちに、皇族である翔央の問いには応じねばならないという刷り込みがある。

　淑香は紙を開き、一読して少し頬を染めた。

「ずいぶん情熱的ですね。たしかに、本当に恋文だとしたら、これが後宮で見つかれば大事です」

　これには張折がニヤリとした。同時に翔央もわずかに口角を上げた。

だが、続く言葉に笑みが固まる。

「これを書いたのは、亡くなられた范才人様です。ただ、主上に宛てた恋文というわけでもありません。もちろん、他のどなたかに宛てたものでもありませんが」

淑香は亡き友人の面影を見つけたかのように、紙に書かれた文字を嬉しげに撫でた。

「それは確かか？　我々が知る彼女の字とは、だいぶ印象が違うのだが？」

「間違いありません。彼女は本当に筆が見事な人で、書くものによって字の印象も変えていたのです」

淑香の返答は揺るがなかった。

それでは、結局これは范才人の遺書で決定ということか。そう考えたところで、ふと蓮珠は、あることが気になり、淑香に問いかけた。

「……呉氏様にお尋ねいたします。范才人様はこの字を、何のためにお書きになられたのでしょう？　手紙用ですか？」

「……まだ、范才人様がどなたかに恋文を送ったとでもお考えなのですか？　違います。これは彼女が、小説を書くときに使っている字です。だから、何も大事などにはなりません。おそらく自作の小説の下書きでしょう」

淑香は努めて明るくそう言った。ああ、だから、手紙にしてはなんの工夫も面白みもない紙に書いてあるのか。蓮珠はホッとしかけたが、ある考えが浮かび、首を振った。

「……でも、范才人様の字ではあるのですよね？」

「ええ、それは間違いありません」

再び力強くそう返されて、蓮珠は否定してほしかったという言葉を飲み込んだ。

「おう、陶蓮。お前も朝議の連中の考え方ってのがわかってきたみたいだな」

張折が嬉しくもない褒め言葉をくれる。本当に嬉しくない。こんな汚い考えが今の朝議の主流ならば、腹立たしくて仕方ない。

「ご、呉氏様！　これが実際に小説の断片であり、その下書きにすぎないと証明できるものはありますか？」

蓮珠はなんとか活路を見出そうと、淑香に重ねて問う。

「それは、もう後宮にいないわたくしでは……」

淑香が言葉を濁す。

「でも……このままでは、これは范才人様の遺書として扱われてしまいます」

蓮珠は苦々しく呟いた。淑香がハッとして顔を歪める。

遺書だと思えばそう思える文章であり、かつ、范才人の手によるもの。

だとしたら、真実は遺書でないものでも朝議は遺書だということにするだろう。

自害ならば、亡くなった范才人は皇妃としての位を失い、葬儀は范家だけで行なうことになる。それだけなら、自害かどうかは范家以外の家や官僚にとって無関係のように聞こえるが、そういうわけではない。

范才人が皇妃としての位を失えば、才人位に空きが出るのだ。いかに皇帝の皇后への寵愛が強かろうと、娘を皇妃に入れられるのであれば入れたいと願っている官吏は多い。そして、そう願う者がとくに多いのが、上級官吏だけが集まる朝議の場なのだ。

まして、張折が言ったように、国としても范才人は自害であることが望まれている。

范昭が言った「腹の探り合いの道具にされる」とは、そういうことだったのだ。

「これが朝議に渡れば、范才人様の死の真相は調べられることなく、自害として処理されて終わってしまいます。……でも、范才人様には、この紙に書かれたわずか十行ほどの言葉にはおさまらない御事情があったはずです。閉鎖されていた宮で、毒殺された侍女殿の傍らで、死んでいかねばならなかった何かが……あったはずなのに」

無用な火種を残さないように、この国の官吏として、選ぶべき道は一つだ。

発見された紙は、范才人の遺書として片づける。

だけどそれは、本当にこの国の民のためにすることなのだろうか。范才人、そして、春華も相国民であるはずなのに。

「わたしは、……これを、どうしたらいいのでしょうか？」

いつの間にか、蓮珠は翔央に助けを求めていた。

「……証明すればいい。これが下書きなら、小説として形を成している文書がどこかにあるはずだ。それを探すことから始めよう」

翔央が力強い声でそう返す。

「范才人の宮を調べてくる。……張折殿、この紙は朝議の場でなく、余計な人間の目がないところで直接主上に渡してほしい。その時に、俺が動いている件も伝えていただけないか。俺の片割れなら、それでわかる」

そう言うや蓮珠の袖をつかんだ翔央に、秀敬が問いかける。

「翔央、宮を調べるというけど、どうやって？」

これに翔央がニヤリと笑う。

「決まっている。……鎧兜を脱いで学者っぽい深衣を着て、後宮の中に入っていく」

「主上のフリをなさると？」

黎令が眉をしかめた。

「いや、そんな恐れ多いことはしないさ。ただ、この顔で後宮の中を歩くだけだ。周囲がどう思い、どう扱おうと関係ない。俺が動く分、片割れが動かないで宮に籠（こも）っていればいいだけの話だ」

この強気な提案に対し、張折が「甘いな」と言った。かつての師として、翔央の無謀を止めるのかと思えば、続く言葉は蓮珠の予想とは大きく違っていた。

「もっと徹底的にやれ。……きっちりやらねえと、亡くなった皇妃の部屋になんて入れねえからな」

この師あっての、この教え子だったようだ。

相国後宮は皇帝の居所である金烏宮を外との境としている。金烏宮に最も近いのは皇后の居所である玉兎宮。そこからは東五宮と西五宮とに分かれる。与えられる宮は妃嬪としての位に準じ、位が高いほど金烏宮に近い。東西の区分としては、東のほうが古参の家から入った妃嬪が多く、西は豪商や他国から嫁いだ妃嬪が入ることが多かった。

その後宮東五宮のひとつ、奇花宮は、妃嬪のうち、才人位を賜った皇妃たちが住まう宮である。宮内は才人位にある人々と宮付き女官の部屋に区画分けされている。その中で范才人が賜っていた場所は北西にあった。

その主を失った宮の片隅を三つの影が進んでいた。

「どうして、こんなことに……」

蓮珠は思わず呟いた。

「往生際が悪いな、蓮珠。張折殿の言う通り、これが一番確実なんだ。諦めろ」

皇帝の常服姿の翔央が言って、蓮珠の背を押した。より詳しく言えば、威皇后の衣装に身を包んだ蓮珠の背である。

張折の提案は、堂々と皇帝夫妻に扮して、亡き皇妃を偲(しの)んで部屋を訪れたことにしてしまえばいいというものだった。これなら、思い出を語りながら室内を巡り、置かれている遺品に手を触れることも可能だと。

「たしかに確実ですけど、あまり褒められた手ではないことに変わらないですよね。あと、わたしが皇后様役で、呉氏様が女官役というのも間違っている気が」

「威皇后様を演じるなら貴女の方が上手でしょう？」

三つ目の影が言った。淑香である。こちらは皇后付き女官の衣装をまとっている。かつては東五宮に宮を賜り、どこに何があるか宮内について細かく把握している淑香が案内役を買って、一緒に来てくれた。

蓮珠は身代わり時の後宮散策で各宮の位置こそ把握しているが、さすがに宮内のどこに范才人の部屋があるかまでは知らなかったので、淑香の案内はたしかに必要ではあったが、この三人で後宮内を歩いていることに不安がなくもない。

なにせ、偽皇帝と今では道姑となった元皇妃、本来は皇后どころかただの官吏という組み合わせだ。誰一人、本来の権限で後宮に入れる者がいない。

「高太監（こうたいかん）あたりに見つかったら、非常にまずいことになる気が」

いやに蓮珠を気に入っている、食えない老人の顔が頭をよぎり、ひやりとしながらそんなことを呟いているうちに、范才人の部屋に着いた。

「書斎として使っていらした部屋はこちらよ」

淑香が言って、部屋の扉を開ける。

すると、室内は物が散乱し、足の踏み場もない状態になっていた。

「……范才人は、片付けの苦手人だったのか？」

翔央が蓮珠に問う。

「そういう印象は受けませんでしたが？」

「俺もだ。じゃあ……これは誰かがしたことなんだな」

そう呟く翔央は、武官としての顔になっていた。

「これが遺書を探した跡だと？　……装飾品でも漁（あさ）っていたのでは？」

淑香は呟き、泣きそうな顔で、散らかった部屋の中へと入っていく。

その後を追って入った蓮珠も胸が締めつけられる。箱という箱が開けられ、しかもそのまま床に置き去りにされている。しかも、箱もその中身も床のあちこちに落ちているという、ひどい在り様だった。

あんな亡くなり方をした方の部屋を、さらにこんな風に扱うだなんて。正体の知れない侵入者への怒りがわき上がる。

「蓮珠、近くに居ろ。呉氏殿もあまり離れずに。……貴女に何かあったら、俺が秀敬兄上に殺されます」

翔央は宮の中に他の気配がないか、周囲を探っているようだ。そちらは専門である彼に任せ、蓮珠は目的のものを探すことにする。

書らしきものがいくつか落ちているので、蓮珠は拾い上げては淑香に見せるが、首を振られるばかりだ。

「おかしいわ、范才人様が書いていた小説どころか、手紙やちょっとした覚書の類さえないなんて」

しばらくして、翔央も疑問の声を上げた。

「俺の知る范才人らしき字もまったく見当たらないな。……これはどういうことだ？」

二人して同じことを言うから、必然的に回答するのが蓮珠になる。

「考えられるとしたら三つですね……」

黎令のような語り言葉になってしまったが、蓮珠は状況からの推察を並べてみた。

「一つ目は、遺書を探したという後宮管理側がまとめて持ち去った。二つ目、本人が生前に処分していた。……三つ目は……何者かが持ち出した、ですかね？」

「二番目の考えはおかしいだろう。手紙を処分するなら相手側の分もまとめてするものだ。それに本人が処分したなら、こんなに散らかす必要はなくないか。だが、そうなると、誰がこれほど散らかしたかという、別の問題が生じるのだが」

「なにより、彼女は誰かからもらった書を、こんな風に扱うような人ではありません」

翔央の否定に、淑香が補足する。

「……一番目も違うな。遺書を探した管理側の宦官がやったならば、遺書が見つかった時点で片づけるだろう。宮の中を整えるのも彼らの仕事だ、散らかしたままにしておくとは思えないな」

それでは、一番考えたくない選択肢しか残らないではないか。

「あー、でも、自分で言っといてなんですが、三つ目も疑問です。何者かが持ち出したとして、それは何のためでしょうか？」

「……こうも徹底して持ち去っているところを見ると、范才人が書いたものに用事があったとしか思えないな」

「……范才人様が書く小説が好きで、どうしても読みたくて……とか？」

「手紙の類もなくなっているのに？」

　范才人は、一体何を書き残していたというのだろう。今ここにいる三人の中では、蓮珠が最も范才人に接触した時間が短く、人となりについてもわからない。

「……書いてあることで思い出したのだけど、いつだったかの手紙で、范才人様が女官吏の陶蓮について触れていたけど、知り合いだったの？」

　淑香に問われて、蓮珠はドキッとしたが、少し考えてから首を振った。官吏としての蓮珠は范才人との面識がない。彼女と言葉を交わしたのは、蓋頭越しに一度だけ。しかも、後宮の廊下で、威妃の身代わりをしている時だったから、范才人としては、『女官吏の陶蓮』と話したつもりはないはずだ。

　陶蓮という官名を認識していたというなら、それは身代わりの時ではないだろう。もしかすると、立后式の際にほんのわずかな期間、誤解により皇妃の位を賜っていた件で、その官名を知ったのかもしれない。

「知り合いもなにも、まともにお話ししたのなんて……最期の時だけです」

「そうなの？　……わたくしがあなたを知っているという前提で書かれていたから、てっきり彼女も例の件を知っていて、あなたがわたくしのことも知っていると、范才人様に話したのかと思っていたわ」

淑香の言葉に反応したのは翔央のほうだった。

「まさかとは思うが……陶蓮が威妃の身代わりをした話を、范才人との手紙でしていたということか？」

翔央に問われて、淑香が「ええ……」と重く小さな声で返す。

「後宮にいたころ、范才人様が主上と話しているを見かけたこともあるから、ありえないことではないと思って」

つまり、蓮珠が威妃の身代わりをしていたのを、范才人の部屋から文書を持ち去った何者かに知られた可能性があるということだ。

「これは、なにがなんでも范才人の文書を持ち去った人間を見つけねばならないな」

翔央の言葉に、蓮珠は無言でうなずいて見せた。

文書を持ち去った者を探し出す話は、蓮珠としてもありがたい。そうなれば、蓮珠の中に生まれた疑問と不安も解消される。

蓮珠の疑問と不安、それは、淑香の話を聞いた時に生じた。誰かが持ち去った范才人の文書の中に、蓮珠の胸の底にだけある秘密が書かれたものもあったのではないか、というものだ。もし、そんなものがあるのなら、翔央の言葉どおり、なにがなんでも范才人の文書を持ち去った人間を見つけねばならない。

蓮珠がそんなことを考えていると、急に翔央の手が蓮珠の前に伸ばされた。彼は無言のまま前方を見据えていた。

すると前方に、藍染（あいぞめ）の衣をまとった宦官が一人、姿を現した。

「誰かいるのですか？　こんなところで何をしているのです？」

薄暗がりにいる相手からは、蓮珠たちの姿があまりはっきりとは見えていないようだ。

そのことを確認し、翔央は彼にしては極力抑えた声で言った。

「二人とも、このまま逃げるぞ」

翔央の声で、蓮珠と淑香は声がしたのと逆のほうの扉へ向かう。部屋を出る時、蓮珠は警戒の意味で後ろを振り返った。宦官は、まだ同じところに立って、室内を見回しているようだ。大丈夫そうだと上げた蓋頭を戻しかけた時、目が合った。マズい、と思ったものの、宦官は声を上げなかった。

「蓮珠、早く来い」

翔央の小声に前を向くも、背中に視線を感じていた。それはまるで、逃げる自分たち三人を見送っているかのようだった。

第三章 金盞香

「きんせんこうばし」

後宮西五宮のひとつ、艶花宮は、今は皇后となり玉兎宮を居所とする威皇后が、妃位時代に過ごした宮である。故に通称『威宮』。秋の立后式以降、主がいなくなったことに伴い、本来なら閉鎖されているはずだが、なぜか今この威宮には、宮の東西を越えて妃嬪が集まっている。

「陶蓮、久しぶりじゃない！」

蓮珠が威宮に入ると、奥から威公主が飛び出してきた。蓮珠と同じくらい小柄なので、まともに額がぶつかる。

「お、落ち着いてください、威公主様」

「だって、本当にお前が来るのは久しぶりなんですもの」

だからって、客分の公主が女官も介さずに飛び出してくるのは、さすがにどうだろう。

「ご無沙汰いたしました。ちょっと外朝で色々ありまして……」

言いたくて言えないことは色々あれど、蓮珠はそう言って、威公主の前に跪礼した。

「知っているわ。亡くなられた范才人のことでしょう？　行部は大変だったわね」

蓮珠に立つように促しながら、威公主が表情を曇らせる。

「よくご存じで……」

「ふふっ、後宮の奥に居るとは言っても、威宮には窓も扉もあるのだから、外からの話は入ってきてしまうのよ」

「そういうものですか。……あ、こちら、いつものアレです」

蓮珠は言って、大きな包みを二つほど差し出した。中身は賄賂の類ではない。

「うっふふ～、待っていたわぁ」

蓮珠は威公主に頼まれて、定期的に街で小説を買い込んでは、威宮へと届けているのだ。

もちろん、購入費は威公主から出ている。なので、本当にまったく賄賂の類ではない。

「みんな～、陶蓮が街で小説を仕入れてきてくれたわよ！」

威公主が扉を開けた部屋には、季節を無視した色とりどりの花が咲いていた。後宮の妃嬪たちである。彼女たちは賜った宮の花紋が刺繍された絹に身を包んでいるため、部屋の中は後宮の別名である花園に相応しい華やかさだ。

「まあ、嬉しいわ」

「外からの商人に任せても玉石混交ですものね。やはり、ちゃんと読んでいる者が選んできた小説は期待が持てます」

後宮の周囲の人々は、蓮珠のことを『威公主の命を受けて、外へ小説を買いに行くことを許されている威宮の特別な女官』と認識しているようだ。

「なんか、以前より妃嬪の方が増えていらっしゃるような……」

「そうね。いまや後宮の三分の二が威宮の読書会に来てくれているの。……范才人もいらしてくださっていたのに、本当に残念だわ」

威公主は心底寂しそうに呟く。ここにも亡き人の影があったようだ。

しかし、現在の相国後宮には、皇后、二妃、四嬪、三才人、五側女の十五人の皇妃がいる。その三分の二ということは、一部屋に十人も集っているということになるが、狭いという印象は受けない。それというのも、威宮は威国風の大部屋区切りのため、多くの妃嬪が一部屋に集まっていても空間に余裕があるからだ。

「会の主催者が暗い顔をしていてはダメね。せっかくみんな集まってくれたんだもの」

威公主は、多くの同志を見つめ、思いを振り払うように軽く首を振る。

それから笑みを作ると、蓮珠に顔を寄せて言う。

「威国からの手紙でも、送った小説が大好評なの。陶蓮の目利きのおかげね」

持ち込んだ本の量のわりに、威宮が本だらけになっていないなあと思えば、威宮で読み終わった本は、さらに威国へと運ばれていたようである。そうなると、商業ルートを通さずに、あくまで威公主個人の荷物として威国に送っているのだろう。それも相国の都城から大量の書物が他国の都城へ。国をまたぐ商品売買に関わる関税やら、文書が国の外に出ることについての安全保障上の問題やらを考えると、本当は望ましくはない。そのことは威公主もわかっているだろう。だから耳打ちにしたのだ。

今の蓮珠は国家行事における部署間調整を行なう行部の官吏。職掌が異なるということで、威国に小説を送るくらいは目をつぶりたい。……本音を言えば、自分も威公主と同じく小説好きなので、国を越えて同志が増えることは嬉しい。だから、あくまで威公主が威宮に置けなくなった小説を別の場所に移しているだけだと、自身に言い聞かせている。

今も内乱が絶えない中央地域を除くと、大陸には、比較的安定した大国が四方にある。この四方大国には、それぞれに得意分野があり、技術の東方大国『凌』、文化の南方大国『華』、貿易の西方大国『相』、軍事の北方大国『威』となっている。隣接する国との国交は盛んだが、中央を挟んで大陸の南北や東西は直接の国交がない。

国交がなければ公式の商売はできないので、威国では華国の文化的に洗練された品々は、相国から仕入れることになる。

相でも小説は出版されているが、華のほうがはるかに多く、しかも頻繁に本が出る。華から相に入った小説を買い集めて回し読みするのが、威宮に集う妃嬪たちの楽しみになっているのだ。

「……にしても、威公主様……相国にいる主旨が変わってきていませんか？」

威公主はそもそも、異母姉である威妃の立后に伴い、彼女の存在が相国内で受け入れられているのかを確認するために相国を訪れた。立后式での栄秋の人々の熱狂を見届けて、一旦は威国へ戻られたのだが、早々にお戻りになり、再び威宮の住人となっている。曰く、「栄秋の街での歓迎ぶりはわかったけど、宮城内では白姉様への風当たりがまだ強くて心配だから」と。

だが、今や威公主の日常は、威宮での読書会を中心に動いている。

「あら、これはこれで大事な公務よ。だって、ワタクシ、いずれは威国首長の正妃になるわけじゃない？　隣国の妃嬪と交流を持ち、相互理解に努めるのは重要だと思うの。それに小説を通じて、相国の言葉だけでなく他国の文化や考え方も学べるわ。これは、白姉さ……威皇后様を守ることにも繋がると思うのよ」

威公主は、そう主張して胸を張る。

「皇后様をお守りになる……ですか」

蓮珠は以前、威公主の主張について、「威公主は威皇后を守れるほど強いのか……」と皇帝が冬来に尋ねているのを聞いたことがある。

冬来は、皇帝を自らの剣で護る威皇后のもう一つの顔だ。その彼女にそういう聞き方をするなんて、我が国の主上は、本当に回りくどい言い方がお好きな方だと心の中で呆れつつも、蓮珠も冬来の回答に興味があった。

冬来は、少し笑って「さあ、どうでしょう。同郷とはいえ、国賓の方と本気で剣を交えるわけにはいきませんし……。確かめようがないですね」と、警護官として卒なく応じていた。

「実際、威公主様が冬来殿と本気で剣を交えたら、どちらがお強いのですか？」

蓮珠としては、ちょっとした興味から口にしてみた疑問だったが、威公主はかなり真剣な顔で蓮珠の手を握ってきた。

「周囲が勝負させようとしても、陶蓮は全力で止めてね」

彼女に言わせると冬来は本当に強いから、本気で剣を交えたら、結果は目に見えているそうだ。かといって、国賓相手だからと手加減されたりしたら、威国の者として沽券に関わるらしい。

「それ以前に、そんな勝負をしたなんてハルに知られでもしたら……」

威公主があわあわと頬に手をやり、顔色を青くする。

ハルというのは、威公主の異母兄である黒太子のことだった。

「青くなるようなことですか？　ハル殿は威公主様を誰よりも大事にされていらっしゃるじゃないですか。たいして怒られないのでは？　……そういえば、先日も栄秋の街でお会いしましたよ。威公主様のご様子を見に、たびたび栄秋にいらしておられるそうで」

街で肩をたたかれて振り向いたら、ハルがいた時は驚いた。

叫び声を飲み込んだ蓮珠を、ハルは面白そうに見ていた。常に黒一色の軽装の彼は、隣国の王太子と知らなければ、旅の風来坊か侠客にしか見えない。相国語も堪能で、店の者と軽いやり取りをしていた。

これで皇城の奥まで忍び込まなければ、「良い旅を」と笑って言えるのだが……。威公主の様子を見に来ているだけだと知っているとはいえ、他国の王太子が自国の皇城に潜入を繰り返しているのを知っていて黙っているのは、相国官吏として悩ましいところだ。ただ、この件は、叡明も翔央も知っていて何も言わないので、蓮珠が口出しできるようなことではない。

「べ、別にハルは、ワタクシの様子を見に来ているわけじゃないから！ ハルには小説を威に運んでもらっているだけなんだからね！」

むずむず動いている口元や、一気に赤くなった頬に、本心が現れている。微笑ましい。

威国では異母兄妹での婚姻が可能だと、蓮珠は叡明から聞いている。

威公主はおそらく黒太子の妃になりたいのだろう。威には太子と呼ばれる皇子が部族の数だけいるそうだが、その中でも国色である黒を名に持つ黒太子は、威国の最高位である首長になる可能性が最も高いという話だ。だから、威公主も軍事大国威の首長となるだろうハルの妃に相応しい強さを手にしなければならないらしい。

蓮珠から見れば充分に強い威公主だが、威国首長となる人の隣に立つには、まだまだ弱いそうな。

つまり、威公主が相に滞在する真の目的は、冬来に指導を受けてもっと強くなるため、すなわちハルと結ばれるためということなのだろう。ただ、それが真の目的だと、威公主は決して認めない。強さがすべての威国では、恋心がバレるのがイヤということ以上に、誰かより自分が弱いと認めることを最大の恥辱とする考え方があるからだ。

そうなると、威公主にとって威宮で小説読書会を催すのは、本来の目的の隠れ蓑だったはずだが、肝心の冬来が皇帝の警護のために多忙であることもあってか、威公主の生活の中心になってきているような気もする。

「花香君の新刊よ！」

この叫び、どう考えても演技ではない。本気で小説の新刊を喜んでいる。

「きゃあ、ぜひ写させてくださいませ！」

別の妃嬪が嬉しそうに威公主に駆け寄ってくる。

「ああ、この冒頭……素晴らしいですわ、ぜひ次作の参考に！」

別の本を開いていた妃嬪がうっとりとそう口にした。

威宮小説読書会では、最近有志が集まり、自分たちで小説を書いて本にし、後宮内で回しているとのこと。実に楽しそうだ。

「あら？　こういう時に一番に写本するって言い出す方がいらっしゃらないわね」

威公主が辺りを見回し、首を傾げる。

「楊昭儀（ようしょうぎ）様でしたら、書の練習をされていらっしゃいますわ」

「まあ、あの方も宮妃への下賜をお望みですの？」

誰かが非難めいた口調で言うのを聞いて、蓮珠は声のしたほうを振り向く。だが、誰の発言か確かめる前に別の皇妃からも声が上がった。

「宮妃になりたいだなんて、あまり感心しませんわ。我々は主上の花として集められた身ですのに」

「ご実家から色々言われているとおっしゃってましたわ。……慰みに、こちらの本を写本したらお持ちしましょうね」

気づかうようにそう言った妃嬪に対して、別の妃嬪も楊昭儀が気の毒だと同意を示す。

なぜ、皇妃を宮妃として下賜しようという件が、まるで当たり前のことのように語られているのだろう。唖然とする蓮珠の顔を、威公主が面白そうに覗き込んでくる。

「皇妃を宮妃として下賜する件だったら、後宮では普通に話題にしているわよ。亡くなられた范才人も候補の一人だったんでしょう？」

「……そういうの、どこから耳に入るのですか？」

「たいしたことじゃないわよ。娘を宮妃にしたいご実家の方々が日々後宮に顔を出しては、『これは好機だ、もっと芸を磨け』って言っていくみたいよ。どの皇妃もそれにうんざりするってここで愚痴っているわ。范才人が亡くなったことを好機って言うんだから、范才人も候補だったんだろうなっていうのも、すぐわかることじゃない？」

「それはそうですが、そもそも……」

蓮珠は言葉を濁し、額に手をやった。

下賜は、皇帝と臣下が主従関係を公式の場で確認する行為に等しい。逆を言えば、国の勢力図が明らかになるわけであり、朝廷の内情に関わる。こうもたやすく他国の公主に知られていいものではないはずだ。

皇妃の方々には、ぜひとも愚痴る場所を再考いただきたい。蓮珠が目の前の花々を眺めながら少々呆れていると、威公主が声を落として、蓮珠に問いかけた。

「……で、陶蓮。お前はどんな噂を仕入れるためにここへ来たの？」

予想外の質問に、驚いて威公主を見返す。

「わからないとでも？　范才人の件はまだ解決してないし、そもそも冬至の大祭も近いこの時期に、行部次官のお前が暇なわけがないわ。なのに、小説買ってきてまで威宮に来たんですもの。勘ぐらないほうがおかしいでしょ？」

威公主がにっこり笑う。さすが戦場に出られるだけの能力を身につけることをして、成人として扱う国の人は違う。見た目の年齢から想像するよりも、ずっと状況から裏事情を推察する能力に長けていらっしゃるようだ。

「威公主様にお聞きします。……ここ数日の間に、妙な噂が流れてはいませんか？」

例えば、官吏が偽皇妃しているとか……と言葉に出すには、周囲に人が多く、さすがの蓮珠も飲み込んだ。

「あるわ」

やはりすでに身代わりの件がバレていたか。蓮珠がそう思うも、続く威公主の言葉はまたとんでもない内容だった。

「范才人は宮妃として下賜されることが内定していたから殺された……っていうのが」

そうかバレてなかったか、と喜ぶわけにはいかない話だった。

「殺された……ってことになっているんですか、後宮では？」

「朝議では、きっと自害かどうか微妙な線なんでしょう？　お亡くなりになられてからすでに数日が経っているのに、公式の発表がないのだから」

蓮珠としては、うなずくよりない。

「これが威なら、誰かが不審死したら自害かどうかなんて関係なしに、三日以内に部族間闘争が始まるところだけど、相の後宮の考えはもっと単純ね。日々間近に范才人と接していたんだもの。范才人には自害するような理由はなさそうだった。侍女も連れてきて、それは楽しそうに作品について語り合っていたわ。だから、殺されたのだろうってだけよ」

威の文化についてずいぶんと不穏当な情報が入っていた気もするが、今は范才人のことに集中しよう。蓮珠は瞬時に気持ちを整えて、威公主に返した。

「……そういうことですか。たしかに日ごろ間近に范才人を見ていらした妃嬪の方々なら、思い悩んでいるご様子があれば、すぐわかりますよね」

「そういうことよ。ただ、あの方の場合、殺されるような理由も思い当たらないのよね。だから、宮妃に内定していたことで殺されたんじゃないかって話になったわけ」

つまりそれは、噂になってから亡くなられたのでなく、亡くなったとわかってから流れ始めた噂ということか。そうなると、范才人の宮妃内定は、想像であって、確証があるわけではなさそうだ。こうなると、噂が流れていた時期も重要になってくるかもしれない。

蓮珠は、さらに範囲を狭めた質問をしてみた。

「難しい話かもしれませんが……それよりも前に、他にも妙な噂が流れてはいませんでしたか？」

「そういう聞き方っていいわ、陶蓮。ワタクシとの話し方を心得てきたじゃない？　そうね、そういうことだったら、とびきりの妙な噂が流れていたわ。范才人の件でパッタリと止んでしまったのだけど……」

蓮珠は今度こそかと身構えてから、さらに問う。

「それは……どういう？」

「宮妃は選考前からすでに決まっている、って話」

先ほどの噂とは似ているようでわずかに違う。

「だ、誰にですか？」

「その時は具体的な名前は出てなかった。だから、余計に范才人が内定していたから殺されたんじゃないかって話に繋がったんだと思うわ」

ありえない話ではない。蓮珠は、少し目を閉じた。

范才人が、飛燕宮・白鷺宮の両名と交流をもっていたことは、本人たちの言葉からも明らかだ。だとしたら、『選考の前からすでに決まっていた誰か』を探す者が、范才人の宮に入り、書斎で二宮との交流の証拠を得たことで、その誰かを范才人だと決めつけたとしたら……。

だが、もしそうなら、范才人の宮が荒らされたのは亡くなる前になってしまう。あの書斎は片付けようとした形跡もなかった。范才人が生きていれば、さすがに部屋をあのままにしておくとは思えない。

蓮珠は考えを巡らせ、小さく唸った。

とはいえ、現時点では、あの状態になったのがいつなのかはわからない。宮を荒らされたのが、亡くなる前だったかもしれない可能性は、心に留めておいてもいいかもしれない。

「陶蓮がほしい噂だった？」

「え？　いや……掠ってはいるかも……というところでしょうか」

どうやら身代わりの件は今のところ噂になっていないようだ。范才人の文書をまとめて奪っていった者の目的が、本当に宮妃に内定しているか否かであるなら、范才人と淑香のやり取りは見逃されている可能性もある。だが、内容が内容だけに、切り札として手元に隠しているのかもしれない。ここは、安堵して捜査の手を止めずに、引き続き文書の行方を追うべきだろう。

蓮珠が言葉を濁しつつそんなことを考えていると、先ほどまでよりも、さらに密やかな声で威公主が言った。

「そうそう。もう一つ、貴女が耳にしておいたほうがいい噂があったわ」

「宮様にはすでに宮妃と決めた方がいる。でも、そのお相手というのが、本来なら宮妃になれるような女性ではない……っていうものよ」

「私が、ですか？」

「……それは……どちらの宮様のことでしょうか？」

蓮珠の顔がこわばった。威公主は周囲を見て、威国語で答えた。

『そこまで詳しい情報は聞こえてこないわね。でも、今回の皇妃を宮妃として下賜する話は、そのことを知った相の首長がお怒りになったからだって』

宮妃を迎えるには、皇帝の承認が必要となる。宮自らが宮妃はこの人にすると言ったところで、皇帝が認めなければ宮妃にはできない。

『だから後宮では、この「宮妃になれない女性」っていうのが、自分に宮妃の座が回ってくるように、宮妃候補の皇妃たちの命を狙っている……とも言われているの。でもって、この女性は、本来は後宮の外の者なのに、皇妃たちに近づける立場にあるそうよ』

『それって……もしかして、私が疑われているってことでしょうか？』

『噂してる本人たちは、今は陶蓮だとは思ってないかも。でも、一度気づけば、お前は色々と怪しい存在だから、疑われるでしょうね』

怪しい存在って……。後宮に顔を出している理由の半分以上は、小説を届けに来ているだけなのだが、それも威公主の依頼で。つまり、蓮珠が怪しまれるのに威公主は加担しているわけだ。……とはいえ、蓮珠を迎えた皇妃たちの間に、わずかな緊張を感じたのも事実。この忠告は素直に受けるべきかもしれない。

「威公主様、申し訳ないのですが、しばらくの間は冬至の大祭の準備で、威宮に顔を出せないかと思われます」

蓮珠は、集まっている皇妃たちにも聞こえるような声で、威公主に対して相国語で暇(いとま)乞いの挨拶をした。冬至の大祭は女官も忙しい。言い訳としては、ちょうどよかった。

威公主が「残念だけど」と前置きしてから、にっこりと笑った。

「冬至は大事な行事ですもの、仕方ないわ。……でも、その分、次に持ってきてくれる本に期待しているわね」

威公主という人は、いかなるときもご自身の欲望に忠実でいらっしゃる。そんな感想を悟られないように、蓮珠は跪礼して、恭(うやうや)しく頭を下げた。

威宮を辞した蓮珠は、足早に玉兎宮(ぎょくときゅう)を目指した。

皇后の居所、玉兎宮は、皇帝の居所である金烏宮(きんうきゅう)に最も近い後宮の宮である。皇后は国母であり、後宮の大姉であり、そして公式な皇族だからだ。皇族を名乗ることは正妃として扱われる皇后にだけ許された特権である。妃位であっても許されていない。

後宮の一部でありながら、この玉兎宮には皇后の親族という扱いで男性皇族も入ることができる。そのため、翔央は後宮の噂を探りに行った蓮珠をこの宮で待っていた。

「どうだったんだ、蓮珠?」

蓮珠を迎えるなり、翔央はそう問いかけた。

「今のところ、噂は出ていません。ただ、それが范才人の文書を奪っていった者にとって重要な情報じゃないから無視されたのか、あるいは使える切り札だと思って隠しているのかはわかりませんけど」

それから蓮珠は、後宮内を流れている『范才人が宮妃に内定していたから殺されたのではないか』という噂のことを話した。

するとそこへ翔央とは似て非なる、ぼそぼそと低い声が文句を並べて割り込んできた。

「心外だな、宮妃が決まっているのに黙っていると思われているのか。決まったなら、とっとと発表している。実家がなるべくうるさくない者にしようと、李洸と二人、頭を悩ませているっていうのに……」

叡明が眉を寄せ、翔央と同じ顔を面白くなさそうに歪めながら、蓮珠たちがいる部屋へと入ってきた。その傍らには、常のごとく白錦の後宮警護隊服をまとった冬来の姿がある。

「主上、こちらにお渡りでいらっしゃいましたか……」

翔央が言い、その場で跪礼する。蓮珠もそれに並んで慌てて膝をついた。

「いい、二人とも立って。……後宮は、范才人が殺されたと見ているんだね、陶蓮？」

問いかける叡明の表情が厳しい。

「は、はい。ただ、范才人様が自害されるような理由が思い当たらないからということで、何か決定的な根拠があるというわけではないようです」

蓮珠の回答に冬来が一人うなずく。

「そうでしょうね。……後宮に限らず皇城というのは、昔から自害より殺害のほうが多い場所ですから、自害と思えなければ殺害されたものと考えるでしょう」

「しかし、冬来殿、時期が時期とはいえ、それを宮妃の件と結びつけられているのが気になります。この騒ぎ、もしかすると范才人お一人の死では済まないかもしれません」

翔央が渋い顔をした。これに対して、皇帝の判断は早かった。

「……冬来、後宮警護隊に警戒を強めるように言っておいてくれ」

「御意」

勅命に冬来が一礼する。

「叡明も俺と同じ考えか」

「犯人の意図を読み取るには、まだ情報が足りないけど、警戒するに越したことはないだろ？　でも、それだけではない。范昭が、范才人の空けた席を、下の娘に継がせたいと言ってきている。同じ范家から娘が入ったら、また狙われるかもしれない」

これを聞いて驚いたのは翔央だった。

「その話を受けたのか？　同じ家からこうも短期間に続けて皇妃を入れるなんて聞いたことがないぞ？」

翔央の言うとおりだった。この短期間で同じ家に再び入宮の機会を与えれば、臣下に対する寵愛の偏りを指摘されかねない。

「范家は新興派閥だ。他の家に比べると、皇妃もうるさく言ってこない」

「そこは范家だからじゃなくて、范才人が実家から何を言われても話さなかっただけかもしれない。范才人ならそういうこともあり得るだろう」

翔央が言うと、叡明が弟の顔を覗き込んだ。

「そうかもね。……それにしても、翔央はよく范才人を知っているみたいだ。やはり、惜しい宮妃候補だったのかな？」

「叡明、その話なら、俺は受けないと何度も言っている」

翔央が強く返した言葉に蓮珠は驚いた。

皇帝からの下賜を受けることは、皇帝への忠誠を示すことでもある。逆を言えば、下賜を断れば、叛意を疑われることにもなる。

今上帝の双子の弟である翔央には、彼を皇帝に推そうとする官僚一派が少なからずいる。重文軽武の相では、頭脳派の今上帝より武官の翔央のほうが、文官にとって操りやすい相手であると決めつけているからだ。

だから、翔央はそういった者たちにつけ入るスキを与えないように、これまで徹底して今上帝を支える態度を示してきた。

朝議のような公の場ではないとはいえ、真っ向から皇帝に逆らうのはマズいのではないか。蓮珠はヒヤリとする。

だが、叡明は常と変わらず淡々と返した。

「皇妃を宮妃として下賜する件は、僕が決めたわけじゃない。朝議が決めたことだ。僕はせめて君に相応しい相手を選ぼうと、李洸と頑張っているんだけどな」

「それ自体が不要だと言っている。俺には決め……」

翔央が言いかけた言葉を、叡明が右手一つで制止する。

「そこまでだよ、翔央。それ以上言うと、これまであいまいにしてきたものについて、僕は認める認めないのいずれかを口にしなければならなくなる。……今の朝議は、皇帝より力があるんだ。国政をうまく回すなら、朝議との対立は避けたい。だから、翔央の心がどこを向いていようとも、おとなしく宮妃を迎えてもらうよ」

即位から二年、まだまだ叡明の政権は安定していない。戦禍に疲弊した地方の立て直しと同時に、叡明は中央の組織改革も行なってきた。だが、地方立て直しに比べ、中央改革は一進一退を繰り返している。

そもそも叡明は皇位を継ぐ予定ではなかったため、中央官僚との関係が希薄で、いまだに皇帝と朝議の力関係が確立していないせいだった。

無言でにらみ合う双子に、冬来が待ったをかけた。

「失礼ですが、お二人とも、話が逸れておりますよ。今の問題は范才人様の宮から持ち出された文書の件では？　ほら、陶蓮殿も戸惑っていらっしゃるじゃありませんか」

さすが、冬来殿だ。蓮珠は胸の内で拍手を送る。自分では、二人を止める立場も言葉もない。官吏として判断し発言すべきか、それとも翔央と思いを共にする女性として判断し発言すべきなのか、そんな根本的な部分で、心中の秤が左右に揺れている。

「冬来の言うとおりだね。今は范才人の件が優先だ。……まあ、それもあって范家からの新たな妃入宮を許したんだ。娘の葬儀も行なわないうちに、その妹を後宮に入れようとしてくる范昭の狙いが、どこにあるのかが知りたくてね」

叡明が言うと、翔央が呆れ顔になる。

「叡明、そういうことはちゃんと言え。お前の考えていることは、他の人間にはわかりにくいんだからな」

弟の説教を、叡明が突き放した。

「僕の考えなんて、わかる必要はない。でも、知っていてもらえると助かるから、今度から言うようにするよ。そのほうが、こちらの動きの邪魔にならなくて済むからね」

再びにらみ合いが始まるかと思ったが、叡明は腰かけていた長椅子を立ち、部屋を出ていった。冬来が蓮珠たちに一礼して、それに続く。

叡明と冬来の足音が遠くなってから、蓮珠は長い息を吐いた。それをどう思ったのか、翔央が蓮珠に謝ってきた。

「巻き込んですまない、蓮珠。叡明は、ああ見えて身内は大事にする性質なんだ。だから、自分の皇妃の死に苛立っているんだろう。誰よりも……ある意味、范昭よりも、范才人の死の責任を重く感じているんだ」

翔央は叡明の出ていった扉を見つめている。その横顔に、蓮珠は同意を示すように深く頭を下げた。

本当は同意なんてできていない。蓮珠は、翔央に顔を見られたくなかっただけだ。蓮珠は翔央でもなく叡明でもなく、ましてや范才人でもない、ただ、自分のことばかり考えていた。そのことが恥ずかしくて、泣きそうになっている顔なんて、上げられない。

翔央と言葉を交わすようになって約半年、嘘をつくことが上手くなったわけでもないのに、嘘の数は増えていく。周囲に——そして、翔央に。

二宮に宮妃を迎える話。それを、官吏の陶蓮は政治的判断で受け入れた。でも、翔央が強く拒絶するのを見て、蓮珠の心の奥底に押し込んでいた想いが疼いた。官吏の陶蓮であろうとする自分が無視していたその想いは、今しがたの翔央の言葉を受けて暴れている。本当に言って欲しかったのは、そんなことじゃない、と。

とても一方的で、なんて身勝手な想いなんだろう。

こんな自分でもままならぬ想いに振り回されるくらいなら、いっそのこと……。

「なくなってしまえばいいのに……」

こうして、周囲にだけでなく自分自身への嘘の数も増えていく。

第四章　虹蔵不見

「にじかくれてみえず」

翌日、再び蓮珠は後宮に入っていた。それも威皇后として。

本来の皇后はといえば、後宮警護隊の長の姿で、蓮珠の傍らに立っている。勅命による警備強化を行うにあたり、冬来は皇后の身代わりとして蓮珠を後宮に呼び寄せたのだ。

普段から、後宮の外にいる時は冬来、後宮内では威皇后と一人二役をこなす人ではあるが、さすがに後宮警護隊の長と皇后が同席する場では、身体を分けて出席するというわけにはいかない。皇后の衣装ではいざというとき動きにくいので蓮珠に皇后役をお願いしたいと言われたのだが、蓮珠としてはどれほど頼まれても後宮警護隊の長の身代わりには到底なれないので、おとなしく皇后の衣をまとわさせていただいた。

そんなわけで、蓮珠が皇后の身代わりとして出ることになったのは、後宮の全妃嬪が出席するというお茶会だった。

場所は、後宮内にある大庭園玉花園の中央に作られた祭事用の殿である嘉徳殿だった。

ここに皇妃が一堂に会している。

皇帝と官吏たちによる朝議があるように、後宮には皇后と妃嬪たちによるお茶会がある。皇后が主催するものなので、皇后位が空位の時には行なわれないが、威皇后が立ってからは五日に一度程度行なわれていた。七十二候の候が変わるごとに行なうという決まりがあるからだ。

本日開催のそのお茶会の席で、まだ幼さが残る顔立ちの一人の妃嬪が、皇后の前に歩み出て挨拶を始めた。

「姉に代わりまして、奇花宮の一室を賜りました、范家の娘にございます。皆さまにはややこしくて申し訳ございませんが、わたくしも范才人となりました。姉からは小椿と呼ばれておりましたので、お姉様方にもそのように呼んでいただけたら嬉しいです。何卒ご指導のほどよろしくお願いいたします」

落ち着いた低めの声が印象的だった姉妃に比べ、小椿は早口の甲高い声をしていた。

衣装の嗜好も異なるようで、男装を常にしていた姉妃と異なり、妹妃は若々しい色味の襦裙姿だった。だが、淡い色の組み合わせは、たしかに若々しいのだが、全体の印象がぼんやりしてしまうので、記憶に残りにくい。

妃嬪は主上に顔と名前を覚えてもらうのが最初の仕事、と言われているくらいだ。姉妃の後釜として早急に入宮させたわりには、この妹妃からは范家の強い野心が感じない。

蓋頭越しであるのをいいことに蓮珠は小椿をまじまじと観察しながら、そんなことを考える。すると、小椿は強烈な印象を残すとんでもない一言をさらっと投下した。

「……などと申しましたが、わたくし、宮妃になろうかと思っております」

「えぇっ？」

思わず地声で応じてしまった蓮珠だが、それは幸いにも他の皇妃たちの声に紛れて目立ちはしなかった。

「な、なんですの？　いきなりそのような！　皇妃として入宮した以上、まずは主上にお仕えすべきところを、早々に宮妃になどと……ありえませんわ！」

信じられないというように顔も声も引きつらせているのは、張婉儀（ちょうみょうぎ）だった。この方は、あの張折の親戚筋とは思えぬほどの直情的な女性で、感じたことをそのまま口にする。けれど、その裏表のない性格で、他の妃嬪からは好かれている人だ。なおかつこの寵愛の偏った後宮にあって、相当筋金の入った主上好きとして知られ、その情熱に対して皆が敬意を払っていた。

翔央が身代わりをしていた際の話だが、一日に一回は詞が金烏宮に送られてきたらしい。本当に情熱的な女性に思えるのだが、詞の内容は初心（うぶ）なうえに奥ゆかしすぎて、日々の生活の中で目にした愛らしいものや美しい風景などへの感動が綴られているだけなのだとか。翔央は『本人と文章との温度差が激しすぎる』と言っていた。蓮珠としては、そこも含めて張婉儀のかわいらしさだと思っている。

そんな張婉儀の憤りに、新たな范才人は笑って返した。

「ですが、妹のわたくしから見ても、姉様はお美しく、教養にあふれ、声も心地よく……。

そのような女性でも、主上のお心は射止められなかったわけですから」

蓮珠は妹妃の言葉に反応できなかった。頭に刺さってくるような甲高い声だからだろうか、なんだか圧倒されてしまい、挨拶への返事をしなければならないというのに先ほどから言葉が出てこない。

「あっ、威皇后様に含むところなんて、ひとつもございませんよ。まあ、本音を言えば、姉の痕跡を感じさせる場所に長く居たいとは思えなくて」

ずいぶんと正直に思っていることを口にする人だ。そういう点も姉妃とはだいぶ違うようである。

「……わたくしが姉に勝てるとしたら字ぐらいでしょうか」

ちょっと考えるように天井を見上げてから、彼女がそう口にする。またも場に集まった妃嬪たちがざわついた。

この反応に小椿が小首を傾げると、皇后に近い席に座っていた周妃（しゅうひ）が、彼女の疑問に応じるようにして笑いかけた。

「あら、それは誇っていいと思いますよ。姉君の書は本当にお見事でしたもの」

すると小椿が、さっきまでとは違う、ふわっとしたやわらかな笑みを浮かべた。

「本当ですか。それはうれしく思います。……わたくしが姉に教えることができた、たったひとつのことが、書だったので」

「後宮にお入りになったわけですが、いかがお過ごしになられますの？」

周妃と反対側に座っていた許妃(きょひ)が興味深そうに尋ねる。

「宮に籠って書と過ごそうかと」

宮妃になると宣言するわりには、ずいぶん消極的な過ごし方だなと蓮珠が思っていると、小椿が思い出したように後方に控えている宦官を振り返る。応じた宦官が桐箱から掛軸を取り出した。

「恥ずかしながら、わたくしの書きましたものにございます」

「これは……」

書の掛軸だった。四行二段の詞形式。見事な字の配分で書かれており、紙面を広くも狭くも感じさせない。まるで詞が先に書かれていて、それに掛軸のほうが合わせたかのように無駄なく収まっている。

計算し尽くされた字は、うっとりとする美しさでなく、背筋を伸ばされる整然とした美しさを持っていた。磨き上げられた玻璃の玉のような字を書く人だ。

「飛燕宮様も白鷺宮様も、ご覧になったらお喜びになるでしょう」

なるほど、宮に籠っていても、このような書を贈ったならば、充分に二宮の心を掴めるだろう。

「……たしかに、主上向きではありませんね」

周妃が笑った。まだ後宮に入ったばかりの小椿きょとんとしていたが、その場の妃嬪たちは皆吹き出しそうになって口元を押さえる。皇后に次ぐ高位の皇妃である妃位ともなると、親しみとして、主上を雑談のネタにできてしまう。どうやら叡明の悪筆は後宮ではよく知れた話のようだ。

「主上は、署名だけは気合いを入れて書くけど、他は……」

許妃もそう言って天井を仰いだ。珍しくどの皇妃も笑いをこらえている。

なるほど、悪筆は時に場を平和にするものらしい。

「皆様、仲がよろしいのですね」

そう言ってわずかに笑む妹妃の表情に、姉妃の面影があった。蓮珠は思わず椅子から腰を浮かせたが、別方向からの冷たい声に動きを止める。

「このような書でしたら、飛燕宮様も白鷺宮様も好まれるでしょうね。これは、宮妃の有力候補かもしれませんわね」

胡淑儀（こしゅくぎ）だった。有力候補かもなどといいつつ、その目は牽制している。これははっきりと言わないだけで、自身も宮妃候補であると、宣言しているつもりだろう。

高大帝国末期、この地に下る相国太祖に従ってきたという帝国貴族の血筋にある『五大家』のお嬢様である胡淑儀は、自尊心の強さが顔つきにまで表れている。

蓮珠が威妃として入宮したばかりのころにも、ずいぶんな物言いをされた。彼女からすると、威国からの妃は認めがたいようだ。そればかりか、胡家の家長である胡新と同じく国内での家格にもこだわりがあるようである。

母后の身分が高くないことから皇位継承を放棄した飛燕宮の秀敬は、おそらく彼女のお気に召さないだろう。そうなると、白鷺宮妃を希望しているのだろうか。

「まあ。わたくしだって書はそれなりですが、詞は詠めましてよ。白鷺宮様はその見事な筆で、それは美しい詞をお書きになりますもの。飽くことなく語り合えると思いますわ」

羅充援がすっと席を立ち、胡淑儀に張り合う。この二人がぶつかると厄介だ。

胡淑儀の実家である胡家は五大家の一つ。一方、羅充援の実家である羅家は、最近になって派閥を作るまでの権勢を得た、『九興家』と呼ばれる家の一つである。建国時からの重臣である胡家の娘からすれば、羅家のような成り上がりの家の娘と同じ嬪位にあることは目障り以外の何物でもないのだ。後宮でもこの二人はよくやりあっている。

同様に、朝議では胡新と羅家の長である羅靖が、よく対立している。

皇后としてどのあたりで止めるべきか……などと考えていたら、さらにもう一人、蓮珠の頭を痛くするような人物が席を立ちあがった。

才人は才人でも、侯才人である。侯家は『七名家』と称される相国建国初期に皇帝を支えた家の一つで、五大家の次に歴史ある家として派閥を成している。相国の派閥間闘争は、こうした家の格の問題が絡んでくるので複雑だ。それは、後宮でも同じこと。後宮は朝議の縮図と言われるのはこのためである。

なお、侯才人の父親である侯利は、三丞相の一人である。ただ、この侯丞相、若き天才・李丞相や五大家の出で最年長官吏でもある杜丞相の陰に隠れ、異様に存在感が薄い。

「あら、白鷺宮様なら絵のほうがお好きでしょう？　我が家は七名家の一つですもの、相国建国時の由緒ある名画の数々を所蔵しておりますの。それらを眺めて育ちましたわたくしでしたら、お話もきっと合うかと」

父親似の印象の薄さを補うためか、黒絹に黄色の蝋梅が描かれた、かなりはっきりした色味の襦裙をまとっていらっしゃるのだが……、顔立ちがどちらかというと柔和なため、衣装だけが目立ってしまっている。

しかし、こうして改めて見ていると、この後宮はどの妃嬪もそれぞれの色がある。当初は、立太子が有力視されていた先帝第二皇子英芳に嫁げなかった余り物の妃たちなどと言われもしたが、叡明の代になって二年半ほどが経ち、寵が極めて片寄っていることの意外な効果だろうか、妃嬪たちがその個性を伸び伸び発揮している向きがある。ある意味でいい後宮になったのではないだろうか。

今回の宮妃下賜の件で、それが壊れてしまうかもしれないことが、蓮珠には惜しまれた。

それにしても、宮妃候補になることを考えている妃嬪は、皆翔央狙いのようだ。

「まあ、当たり前か……」

蓮珠は内心呟く。

朝議では上の方々が、叡明に何かあれば三宮の誰かが帝位に……と言ってはいたが、現状なら翔央が帝位に就くのは、ほぼ確実だ。秀敬は先帝の代から皇位継承を放棄しているし、明賢は幼すぎる。

そして、翔央が皇帝になれば、伴って白鷺宮妃も皇后位に就くことになる。

今上帝の後宮にはすでに皇后がいて、その地位はちょっとやそっとでは揺らぎそうにない。だから、次代の帝位を視野に入れ始めている者たちにとっては、娘を白鷺宮妃にすることは、とても魅力的なのだ。

終わりそうにない『誰が宮妃に相応しいか』論争を眺め、蓮珠は蓋頭の下でそっとため息をついた。

この場の誰が一番宮妃に相応しくないかなら、すぐに答えが出るのに——それはもちろん、実家という後ろ盾もなく、派閥に属さない官吏である蓮珠自身だ。

そんなこと、ずっと前からわかっているはずなのに、自分こそが宮妃に相応しいと言い合える彼女たちが、眩しくて堪らない気持ちになってしまうのだ。

眩しさから逃れるようにうつむいた蓮珠の耳に、先ほどの甲高い早口の声が入ってきた。

「皆様のそのような争いが、我が姉を追い詰めたのでしょうか？」

お茶会の空気が一瞬にして凍る。

「小椿殿、お言葉が過ぎるのでは？」

いさめる胡淑儀の言葉を、甲高い声が笑う。

「この程度の言葉で、お姉様方全員が固まるようでは困ります。……私、宮妃になりたいという目的だけで、入宮したわけではございません。なぜ姉が死なねばならなかったのかを知るためでもあるのです」

笑い声に反して、小椿の表情は冷たく凍っていた。

「ずっと、どこからか、お姉様方を見ておりますよ。ですから、改めまして、よろしくお願いいたしますね、お姉様方」

顔立ちこそ幼いが、その目は熟練の狩人のように鋭い光を宿している。まるで、妃嬪たちの一挙一動から、姉の死の真相を見つけ出そうとしているかのように。

夏は涼しく避暑地として好まれる相国だが、冬の寒さは厳しい。立冬を過ぎたこの季節、夜はかなり冷える。それでも、栄秋の夜はにぎやかだ。大小の飲食店が軒を連ねる通りでは、店先に置いた大鍋(おおなべ)から湯気が昇り、美味しそうな匂いで歩く人々を誘っている。栄秋の街門に近い一角にある下町は、さらに道行く人が多い。小さな店が多いこのあたりでは、店の外に並べられている卓や椅子を複数の店の客で共有しており、にぎやかな声が響き渡っている。

蓮珠もそのうちのひとつの卓で、酒碗を傾けていた。

「後宮で、そんなことがあったか」

そう呟いたのは、蓮珠の斜め右の席に座る翔央だった。その声はどこか感嘆しているようでもある。

「その場にいる身にもなってください。……最近は寿命の縮まることばかりです」

あのお茶会の後に皇后の身代わりから解放された蓮珠だったが、話しているとあの場の緊迫感が思い出されて、胃が痛くなってきた。

「まあ、そう言うな。……皇后主催のお茶会でも身代わりの噂は出てこなかったんだろう？　俺のほうも色んな場所で噂を拾って歩いたが、結果は同じだ。この点では、お互いにうまい酒が飲めるってものだ」

「……何か別の問題が見つかったんですね？」

「なんだ、すぐその話に行くのか。俺としては軽く飲んでからにしようと思ったんだが。……まあ、俺の持ってきた話もそっちと似たようなもので、胃が痛くなる内容だ」

嬉しくない前置きをしてから、翔央が叡明と皇城司の軋轢を語る。

「范昭は自害説を強調して、やたらと娘と侍女の遺体の引き取りを急かしている。あれでは、叡明でなくとも怪しむというものだ」

「……范家の家長は、范昭様ではなく范言様ですよね？　『范家』としての動きはないのですか？」

蓮珠の疑問に、翔央が困ったような顔をする。

「范言という官名は、滅多に発言しないから、あえて言の字を入れたそうだ」

「何を考えているのか解りにくい方なのですね」

蓮珠がため息をつくと、翔央は思いきり渋面を作る。

「それだけじゃない。俺も聞いたことのある話だが、范言が口を開くと良くないことが起こるらしい。……以前、ある宴会で、范言が急に帰ると言い出した。理由を問えば『許将軍を見送らなくてはならないので』と返すが、言われた許将軍にも意味がわからず、その場の皆が首を傾げたそうだ。だが、翌日早朝に辺境部族と相国駐留部隊との武力衝突の報が入り、許将軍は本当に范言に見送られて都を出立したそうだ」

范才人も『先見の妃』や『心見の妃』などと呼ばれていた。范家はそういう不思議な力を持つ家系なのだろうか。

首をひねりつつ、蓮珠がそんなことを考えていると、翔央が小さく笑う。

「そう怪しげな話というわけでもないぞ。范家は新興派閥の九興家の中でも一番新しい家だが、どうも独自の情報網を持っていて、それを活用することで今の地位まで登ったと言われている。時には、李洸さえ知らない情報を手にしていることもあるそうだから、なかなか油断ならない」

つまり、その独自の情報網とやらで手にした情報を、予言めいたことのように口にしていたということか。

「では、范才人様が『先見の妃』と呼ばれていたのも、その情報網を使っていたから？」

「可能性はある。……そうなると、范才人の宮から消えた文書には、その情報網から手に入れた話も含まれていたかもしれない。そのことと、彼女の死とが関係あるかまではわからないが」

翔央が示す、消えた文書と范才人の死の結びつきに、胸がざわつく。蓮珠は卓に置いた酒碗を見下ろし、小さく呟いた。

「自分が発見したこともありますが、威皇后様の身代わり時とはいえ面識があった方でもあるので、わたしはどうして范才人様がお亡くなりになったのかが気になります。……実際のところ、上の方々は今回の件をどのように考えていらっしゃるのですか？」

苛立ちに寄せられていた翔央の眉が、蓮珠の言葉によって下がる。

「……そうだな。お前はいろんな意味で、特に他人事ではないからな」

翔央は話を区切ると店の者を呼び、酒碗に新たな酒を注がせる。店の者が一礼して離れると、少し蓮珠のほうに顔を寄せて小声で話し出す。

「皇城司には色んな話が上がってきている。朝議では確実に裏のとれているものを中心に話すから矛盾はないように思われているかもしれないが、実際にはおかしな点が多い」

なるほど。話の途中で店の者が酒を注ぎに近寄ってこないために予め酒を注がせたらしい。卓の向かい合わせに座らずに斜めの席を選んだのも顔を寄せて内密な話をするのにちょうどいいからだったか。

向かい合わせではない座り方に、いつもより彼と近いと胸を高鳴らせていたことは言わずにおこう。蓮珠は小さくため息をつく。

彼は、こういう場での内緒話に慣れているようだ。こういう時に、この人は上に立つ方なのだな、と蓮珠は身分の違いを実感する。

「施錠された鶯鳴宮にいらしたこと以外にもおかしな点が？」

気を取り直して、蓮珠も翔央に合わせ声を潜めた。

「それが一点目だな。なぜ閉鎖されているはずの鶯鳴宮に後宮の者がいたのか」

翔央は人差し指でコツンと卓上を叩く。次に指先だけ動かし小さくコツコツと二度叩いて、続きを口にした。

「次に范才人が持っていた紙の束の件だ。破けている上に血に濡れて、何が書いてあったかは不明だ。だが、何かが書かれていたことはわかっている。それが何を意味するか、同時に范才人の宮から消えた文書と関係があるのかどうかも気になるところだ」

翔央は卓上の酒碗に落としていた視線を蓮珠に向けてから、指先で三回卓を叩く。

「そして、范才人と侍女に何が起きたのか」

それは、蓮珠も知りたい。

無言で耳を傾ける蓮珠の前で、翔央が目を閉じ、首を傾げる。

「范才人の死にばかり注目が集まっているが、あの場では侍女の遺体も発見されている。しかも、こちらは毒殺だった。この二つが無関係だとは、とうてい思えない。あの日、あの場所で、二人に一体何があったんだろうな……」

あの日、蓮珠は范才人に最期の言葉を託された。『選んだ結果』だと言っていたが、彼女が何を思い、何を選んだことで、今回のような事態になってしまったのだろうか。

「今後の調査でそれらが明らかになるのでしょうか？」

「難しいと思う。朝議は、范才人の件を自害で処理して終わらせるつもりだ。そうなれば、皇城司による追加調査命令は出ないだろう」

翔央はため息をつく。

「范才人には申し訳ないが、俺たちの最優先事項は、消えた文書の回収と情報漏洩の有無を確認することだ。お前の気持ちも軽んじたくはないが、文書の消失と范才人の死の真相が無関係であれば、俺たちもそちらは後回しにすべきだろうな」

酒碗を睨む翔央の横顔に、蓮珠は密やかに問いかける。

「宮妃として下賜する件が、范才人様の死とかかわりがあるのでは……ということについての調査は？」

「その件に下手に手を出すと、皇妃を出している家と対立することになりかねない。なので、李洸の手の者がかなり慎重に調べを進めているようだ。それもあって、宮妃選定はいったん棚上げになっている」

翔央はそこで言葉を止め、手の甲で蓮珠の頬に触れた。

「……俺としては、このまま下賜の話がなくなってしまうほうがありがたいんだがな」

いつもより近い距離で、翔央と目が合う。蓮珠を安堵させるように、やわらかな笑みを浮かべていた。

「そもそも、あの叡明が決めるんだ。俺の宮妃なんて、簡単に決まるはずがないと思わないか？　結局決まらぬまま、そのうち、皇后様がご懐妊されるのではないかな」

兄帝の自分への溺愛のほどに自覚のある翔央は、笑みを苦笑いに変える。

「だいたい宮妃は旨味がないわりに働かされるだけで、俺は正直、誰にもお勧めしないぞ」

相国には貴族と呼ばれる地位に特権がない。

かつて、大陸の大部分を治めていた高大帝国では貴族に力があり、皇族といえば皇帝の何十番目の子であろうと徹底して敬われた。帝国が崩壊した今も、大陸の中央地域では、帝国貴族の末裔であることを御旗にして内戦が続いているほどに。

そんな高大帝国の末期に、貴族間の政争に敗れてこの地へやってきたという相国の太祖は、自身の経験からか、貴族特権を廃し、官僚重用の国を建てた。

皇帝は絶対だが貴族に権限は不要として、皇帝の子であっても、立太子が行なわれて次期皇帝が確定したら、宮を返上して城を出ることになっている。とはいえ、そもそも皇帝候補として高度な教育を受けて育つため、皇族のほとんどは官僚になって国政に参加することがほとんどだ。ただし、他の官僚と同じく科挙受験をしなければならないし、官位を得たとしても一官僚に与えられる権限しかない。

当代でも、秀敬は科挙を受けて官吏になり、現在は宝物庫の管理・修繕を担う部署に所属しているし、翔央は武挙（武官登用試験）を受けて武官となり、殿前司として国に仕えている。

ただ、現在の相国皇族の状況は、歴代でも特殊な形である。なぜなら、叡明は立太子を経ずに、禅譲によって帝位に就いたからだ。その上、叡明には子が居ないため、皇帝に何かあれば、帝位に就くのは宮の誰かということになる。そのため、先帝の皇子は、帝位簒奪を企んだ罪により継承権を失った第二皇子英芳以外は、誰も宮を返上していない。

故に宮妃も歴代にない特別な意味を持つことになった。万が一、宮の誰かが即位した場合、その宮妃はそのまま皇后位に就くことになるからだ。

皇妃と違い、宮妃は一宮に一人だけと規定で決まっている。『宮妃位』は官職の一種という扱いであり、その位は皇帝から与えられるものだ。宮妃には、夫である宮の職務を支えるという公務が発生し、国内行事への列席だけでなく、他国の使節を迎える仕事や、逆に使節として他国へ赴くなどといった外交の場にも出る機会も多い。また、皇城に身を置く女性としては皇后に次ぐ権限を有し、後宮統制の補佐を行なうこともある。城の中でも外でも動くことになる、大変多忙な役割だ。

だが、夫である宮が立太子されることなく宮のまま終われば、結局は一介の官僚の妻という立場しか残らない。翔央が『旨味がないわりに働かされるだけ』というのは、そのあたりの事情による。

　実際、先帝の弟宮だった郭広は、現在蓮珠と同じく上級官吏の一人として国に仕えているが、かつての宮妃は、ただ『郭広の妻』とだけ呼ばれるのみで、皇城に入ることもない。

「時に宮妃は官僚並に忙しい。……日々を後宮でのんびりと過ごされている妃嬪の方々に向いているとも思えないな」

　それでも、いずれ、その日は来るだろう。叡明だって白鷺宮妃の位をいつまでも空位のままにしておくわけがない。

「……なあ、もっと酒がうまくなる話をしないか？」

　翔央が顔を寄せてそう耳打ちする。間近で蓮珠の顔を覗き込む翔央の笑みが、心なしか色っぽい。

　酒気に少し濡れた瞳に、蓮珠が映っていた。視線を逸らすことができず、蓮珠は見入ってしまう。この声と瞳が、いつだって蓮珠を惹きつける。

ついさっきまで政治の話をしていたはずの卓が、濃密な熱を帯びていく。酒碗を置いた蓮珠の手に、翔央の手が重なった。

だが、蓮珠の中の冷静な部分が、翔央のこの色事に慣れた感じに若干もやっとしていた。

蓮珠は、翠玉が言っていた「だって、やきもきするのってイヤじゃない？」を思い出し、今まさにやきもきしている自分がイヤになる。せっかく、懸念していた噂は出ていないことがわかったというのに、これではお酒がおいしく飲めそうにない。

蓮珠は、酒碗に残っていた酒を飲み干し、空になった酒碗を翔央の前に差し出した。

「では、飲み比べで！」

「勝負になるわけがないだろうが！」

翔央が抗議の声を上げる。酒造で有名だった白渓(はくけい)出身の蓮珠は、酒に強い。

「おお、ついにお酒に弱いことを認めましたね、翔央様」

「何度も言うが、俺は酒に弱くない。お前が異常に強いだけだからな」

翔央のいつもの反論に、蓮珠は笑った。

「はいはい。まあ、ここは翔央様の酒量に合わせて、楽しく飲むとしましょう」

蓮珠は内緒話を切り上げる意味も込めて、店の者に新たな酒を注文した。

朝が早い蓮珠と翔央は、まだ周りが飲み騒いでいるうちに席を立たねばならない。下町から宮城や官吏居住区のある栄秋の北へ向かう通りにも、まだまだ人々が行き交っている。

「酔った奴らが何をしてくるかわからない。送っていこうか？」

「ダメですって。……もう。毎回少しずつ理由を変えては、うちまで送ろうとしますよね。でも、わたしの返答は変わりませんよ」

下級官吏居住区は官吏居住区でも奥にあり、蓮珠の自宅へは上級官吏住居の並ぶ道を歩いて行かねばならない。皇帝と同じ顔が鎧兜なしで歩くと、また面倒な問題になりそうなので、蓮珠は断っていた。

「防犯上当たり前だが、見回りもいるんだよな。しかも、皇城司から派遣された者が交代で……」

翔央が渋い顔をするのを見て、蓮珠は幼子を諭すような口調で言う。

「今や、翔央様は皇城司の統括もされている身ですよね。顔を知られているのですから、見つかってしまいますよ？」

「……本当にな。最近じゃ、武官の知人の次に、皇城司の知人が多くなった。下町をウロウロするのはそろそろやめておけと、友人にも諭された」

その時のことを思い出したのか、翔央が口先をとがらせる。

「ご友人に……ですか？」

その友人とは、どのような立場の人なのだろうか。下町歩きを注意したのは、皇族としての翔央を慮ってのことと思われる。皇族に苦言を呈することを許されるのは、ごく限られた人物のみだ。それでも不敬であることを理由に一刀両断されても文句は言えない。

「人がウロウロしているのに気づくってことは、自分だってウロウロしてるんじゃないかって言い返したら、栄秋府の見回りの一環だと……あいつは昔から屁理屈が多い」

「ああ、栄秋府の方なのですね」

蓮珠は納得した。

国都である栄秋の役人は、地方官ではあるが、別格扱いで『府官』と呼ばれる。府は中央直属の特別行政区で、現在の相には二府ある。国都である栄秋と国内最大の穀物生産地の楚秋だ。府官には中央官に匹敵する権限が与えられており、朝議への出席も許されている。そのくらいでなければ、皇族への提言は許されない。

「今は、な。……先帝の代に仕えていた官吏の孫で、祖父を見ていて宮城勤めはしたくないと思ったからって、科挙に受かるなり地方へ出て行ってしまった。それが一年前ぐらいに栄秋府配属になって、ようやく都に戻ってきたんだ。ガキのころは、祖父様にくっついて皇城に来ていた。『御遊び役』なんて仰々しい役目で呼ばれていたが、要は幼馴染だ」

栄秋府の役人であるだけでなく、翔央の幼馴染であり、今も友人と呼ばれる方か。蓮珠は少しうらやましくなる。

「幼馴染ですか。響きがいいですよね。わたし、故郷を失った身ですから、幼いころの知人すらもういなくて。……福田院(養護施設)で共に育った者も、停戦交渉が始まったころから故郷に戻るため都を出ていって、それぞれの道に分かれていきましたから」

蓮珠が幼い頃の思い出を語れる相手は、もはや妹の翠玉ぐらいだ。その翠玉にしたって都に出てきた時はごく幼かったため、故郷でのことはほとんど覚えていない。そういう蓮珠にとってさえも、在りし日の故郷の姿はずいぶんと朧になった。

あの夏の夜、焼け落ちていく故郷の姿だけが、色濃いまま、蓮珠の中に留まり続けている。

「白渓は今となっては帰れぬ場所ですから」

蓮珠の故郷である白渓の邑を含む一帯は、今では禁軍の直轄地となっている。

蓮珠は、官吏になってから一度だけ、翠玉を連れて行ってみた。

邑のあった場所は更地にされ、そこに白渓という邑があったことを示すものは、小さな石碑以外、何もなかった。

廃墟すら残されていない故郷の姿に、蓮珠は涙も出なかった。失われた風景は二度と戻ってこない。そのことを思い知っただけだ。

「白渓のことで鮮やかなのは、邑を焼いた炎の色だけ……今でも夢に見ます」

「……蓮珠」

自分を見下ろす翔央の表情は苦しそうだ。もしかすると、自分もそんな顔をしているのだろうか。蓮珠は小さく首を振り、笑みを作った。

「そんな顔をなさらなくても大丈夫ですよ、翔央様。怖い夢を見たら……手を握っていてくれるって言っていましたから」

蓮珠は自分の右手を見つめる。怖い夢を共に乗り越えてきた手は、いつからか小さくなった。故郷はないが、この身の拠りどころとなる存在が、蓮珠にはちゃんと居る。

言ったとたん、翔央の表情が一変する。やや前のめりに見下ろしてくるせいか、その顔にかかる影が濃さを増した。その中で目だけが、まっすぐに蓮珠を見据えている。

「……誰が、だ?」

低い呟きは、玉座から見下ろしてくる、同じ顔の怖い御方を思い出させた。なんて、威迫感。一体、何に対してこの反応?

「……す、翠玉ですよ。都に来たばかりのころ、故郷のことを思い出して夜中に泣いてしまうことがあって、そういう時は二人で手を繋いで寝ていたので」

呼吸も止まりかけた蓮珠がなんとか言葉を紡いだところで、翔央が姿勢を戻す。蓮珠は、野生の獣との睨み合いから解放されたような気になって、大きく息を吐いた。

翔央は翔央で、一瞬前とはうってかわった安堵の表情で『翠玉殿か。まあ、蓮珠じゃそんなものか』などと、何か問いただしたいような問いただしたくないようなことを呟いている。

「……翔央様、今のは聞かなかったことにしておきますが、聞こえてないわけじゃないですからね。とにかく、このあたりでいいですから、じゃあ……きゃっ」

官吏居住区へ向かう道を曲がろうとした蓮珠を、翔央が背中からすっぽりと腕の中に包み込んだ。

「しょ、翔央様？　その……誰かに見られたら……。皇城内じゃないんですから、人通りも多いし」

慌てて離れようにも、腕の中から出られない。強く抱きしめられているというわけでもないのに……。もがく蓮珠の耳元で、翔央がささやいた。

「皇城内は夜中も巡回用に篝火を焚いているから、けっこうよく見えるぞ。比べれば、このほうが暗くて顔も見えないから、もう少しだけ……」

甘えるような弱々しい声に抗えなくなる。少しだけ……、そう自分にも言い聞かせて、蓮珠は諦めて目を閉じた。すると、翔央が蓮珠を腕の中で反転させて、改めて抱き寄せる。右手が背を撫でて上がり、蓮珠の頭をそっと撫でてくれた。

「怖い夢なんて見ませんように……」

祈るように呟くその声が、蓮珠の胸の深いところまで染みこんでくる。

「翔央様、わたしも……ちょっとだけ……」

色んなことが重なりすぎて不安定になっている心を落ち着かせたくて、蓮珠は珍しく自分から彼の胸に頬を押し当ててみた。蓮珠の背に回されていた左手に少し力がこもる。より強く、翔央の胸に顔を埋めると、自然と口元がほころぶ。

「大丈夫だ、蓮珠。明るかろうが暗かろうが、お前が進む道なら、それがどんな道でも俺が守るから」

言われて、蓮珠は顔を上げる。薄暗がりでも、翔央の目が真っ直ぐに自分を見つめているのがわかる。蓮珠はちょっとだけ視線を外してから目を閉じて、もう一度顔を上げた。唇が触れ合い、とろりと甘い温もりが共有される。

「翔央様……」

呟いて目を開け、蓮珠はあることに気づく。身長差故の負担が、翔央にかなり掛かっていた。

小柄な蓮珠の背丈は、長身の翔央の胸の高さほどしかない。ちょっと顔を上げたくらいでは、唇が触れ合う距離にはならないのだ。

「……がんばって屈んでいただいていたんですね、気づかなくてすみません」

蓮珠は少し視線を下げ、辛そうな体勢で膝を曲げている翔央に謝る。

「……そういうところに、お前は気づかなくていい。まったく最後まで秀美に、とはいかないな」

姿勢を戻した翔央が、蓮珠の頭上でそう言うと、盛大なため息をついた。

そのため息に交じって、遠くから誰かが叫ぶ声が聞こえる。

「翔央様、今の……」

「宮城のほうだな、行ってくる」

言い終わらぬうちに、翔央が宮城へと駆け出す。

「待ってください、わたしもまいります！」

蓮珠は、遠くなる背に叫んで、それを追うように走った。

宮城の南門を入ると、そこかしこに皇城司が走っていた。

翔央はその内の一人に声をかけ、状況を確認する。

「殿前司所属の郭華だ。これは何の騒ぎだ？」

翔央は武官としての名を口にした。

皇帝直属の精鋭部隊である殿前司を名乗られて、相手は慌てて姿勢を正し、拱手した。

「皇城に侵入者がございまして、皇城司の詰め所を襲撃され、長官がお怪我をなさいました。ただいま、小官は逃げた者を追っております。また、この件では、范才人様のご遺体が消失していることが判明し、こちらも人員を割いて捜索中でございます。そのため、城内に人が多く……」

情報量の多さに、蓮珠は軽くめまいを覚えた。ただでさえ、街から走ってきて、息が上がっている状態だ、とても頭に入ってこない。

「……わかった。引き続き捜索を。蓮珠、お前は一緒に来い」

武官として鍛えているだけあって、翔央の応答には息の乱れもない。皇城司に礼を言うなり、また別方向へと走り出そうとする。

「ど、どちらに……？」

「壁華殿の執務室を訪ねたほうが早い……蓮珠！」

答えながら振り向いた翔央が、蓮珠の手をいきなり引いた。

何事かと思えば、蓮珠の後ろの夜闇から、浮かび上がるように黒ずくめの男が現れた。頭巾（ずきん）の影になり、顔はわずかに口元が認識できるのみだ。しかも、手には細身の剣を握っている。

「……捜査中の皇城司……というわけではなさそうだな？」

翔央は蓮珠を腕に抱きかかえたまま、常に携えている棍杖（こんじょう）を構えた。

一方、夜闇に半分同化している男は、剣を手にしたまま、無言で口元に笑みを浮かべ、立っている。

「蓮珠、少し下がっていてくれ」

翔央は棍杖を構えた姿勢を崩さずにそう言って、蓮珠を背で隠す。

それを機に相手が仕掛けてきた。跳躍するや、翔央の頭上から剣を振り下ろす。細身の剣とはいえ、体重が乗った一撃は、かなり重い。手にした棍杖で受け止めるも、翔央の表情に余裕がなかった。彼は膝を沈め、戻す勢いで剣を弾き飛ばす。

だが、黒ずくめの男は空中で身体を一ひねりして体勢を整えると、軽やかに着地する。

「お前が皇城司の詰め所を襲撃し、范才人の遺体を持ち去った犯人か？」

翔央の問いに蓮珠は驚いたが、問われた本人は慌てた様子もなく、口元だけで笑う。こちらの動きを窺っている気配だけが、わずかに伝わってきた。

「どこかに所属している武官か……いや、違うな。お前の動きは武官でなく、間諜の類のもの。なのに、どうしてこうも大々的に追われるような派手な動きをする？　人目を忍んで動くのがお前たちの本分じゃないのか？　……本当の狙いは何だ？」

翔央に守られているはずなのに、蓮珠は彼の声が発する迫力に膝の力が抜けそうになる。

「答えよ！」

もう立っていられない――そう思ったところで、新たな人物の声が耳に届いた。

「翔央殿！」

声と同時に細い光が空から斜めに落ちてくる。

「冬来殿！　面目ない、助太刀感謝する」

冬来の剣先が、男の頭巾を割いていた。月明かりに、今まで隠れていた白い顔がはっきりと見える。

蓮珠はその顔に見覚えがあった。

「……あ……あの時、范才人の宮にいた宦官！」

翔央と淑香と慌てて部屋を逃げ出した時、藍染の衣の宦官と確かに目が合った蓮珠は、その顔をよく覚えていた。

蓮珠が叫ぶと、相手の男も蓮珠の顔を思い出したようだ。

「そうか、あの時の……。これは驚きの再会だ」

ようやく男が声を発した。驚いたと言うわりに、その表情は変わらない。

「あの時の……。お前が范才人の宮を荒らし、書を持ち出したのか？」

男は翔央の質問に答える代わりに、感情のこもらない声で一つの案を返してきた。

「自分をこのまま見逃がしなさい。こちらはあなたたちに対して害意はないのだから」

男は自身の言葉を証明するように構えていた剣を下ろす。

「俺が、それを承諾するとでも？」

翔央に鼻先で笑われても、男は意に介さず、さらに提案を重ねてくる。

「我々は同じ者を追っている。なら、お互いが追いつめるほうが効率的だ」

同じ者を追っている、という言葉に蓮珠は驚きの声を上げた。

「あなたも范才人の文書を持ち去った者を追っているのですか？　……それは、あなた自身も文書を手に入れようとしているということですよね？　何のために？」

蓮珠が矢継ぎ早に質問するも男は答えず、また違う案を返してきた。

「こちらに害意のない証明に、あなたたちが知りたがっているであろうことを一つだけだが教えよう。どうです？」

言われた翔央と冬来は、互いに視線を交わす。そして、翔央が小さく舌打ちをしてから、構えていた棍杖を下ろした。

「知りたいことがいくつもおありだろうが、あなた側からの指定は受け付けない。こちらから情報を一つお伝えするのみだ」

男が剣を収める。まるで、闇に吸い込まれたかのようだった。

男の頬のこけた白い顔だけが、闇に同化せずに宙に浮いている。

「范才人を殺したのは……自分だ」

その言葉に翔央も冬来も動きかけて、互いに互いを制した。

だが、蓮珠は男に飛びつく勢いで叫んだ。

「あなたが范才人を！」

「おやめなさい、陶蓮殿」

冬来の手が男に向かっていこうとする蓮珠を留める。

「ですがっ！」

「もう一歩近づけば、相手の間合いです。……それでも進みますか？」

冬来の言葉に、蓮珠の足が止まる。

「そうだ、やめておけ、蓮珠」

翔央が蓮珠を後ろから抱き寄せて、身体を反転し、自身の背後へと再び隠す。

「……確かに俺たちが聞きたかった情報だ。……さっさと行け」

苦々しげな翔央の声に応じるように、男の姿が闇に溶けて消える。

「翔央様、どうして本当に逃がしたりするんですか？」

「あれは、冬来殿と俺でも簡単には捕まえられない。それに捕まえても無駄だ。間諜なら誰かの命令で動いているのだろうが、自分一人がどうなったところで、その誰かにたどり着かせない自信があるんだ。だから、あえて俺たちの前に姿を見せた」

「……ですが、おそらくあの男が殺したというのは真実ではないでしょうね」

冬来が言い、翔央も頷く。

「何のために、そんなことを？」

やってもいない殺人を告白したというのだろうか。蓮珠の疑問に、翔央が応じた。

「……范才人の死が自害ではないと、俺たちに思わせるためだろうな」

たしかに、あの男が本当に犯人であろうとなかろうと、殺したと言われれば、こちらはそれを裏づけるために証拠を探すことになる。

「どうして、あの男が……？」

「さあな。だが、たとえあの男を締め上げても、何も言わないだろうよ……というところまでこちらに悟らせる空気を出していた。……剣の腕以外も相当のものだ」

緊張から解放された翔央は長い息を吐きだし、肩の力を抜いた。

「俺としては、周りがどう騒がしかろうと、もう急ぐ必要もない。……冬来殿がここにいるということは、主上もお出ましなのだろう？」

翔央に応じて、蓮珠の背後から声がした。

「もちろんだよ、翔央」

いつの間にか、叡明が背後に立っていた。目の前のことばかりに気が向いていて、叡明が近くにいる可能性をまったく想定していなかった蓮珠はドキリとする。

「お前は、どう考えている？」

兄帝が突然現れようと、弟宮は平静であった。いつもと変わらぬ調子で、翔央が叡明に問う。

「良い聞き方だね。僕も二人と同意見だよ。今の男の狙いは、范才人の死に関する調査命令を皇帝から出させることにあるんだろうね。翔央が僕のフリをして後宮に入った時にも会ったんだろう？　翔央を本物の皇帝だと思ったのさ。だからこそ条件を提示したんじゃないかな」

叡明は蓮珠の横を過ぎ、翔央の前に立つ。

薄暗がりに同じ顔が向き合うと、見えない鏡でも置いてあるかのようだ。その鏡の片方が、口元に小さな笑みを作る。

「つまり、相手の交渉相手は皇帝だ。ならば、この件は僕が預からせてもらうよ」

叡明はそれだけ言うと身を翻し、皇城のほうへと歩き出す。

一体どうするつもりなのか。蓮珠がそれを問う前に、こちらに背を向け歩いていた叡明が、冬来に指示を出す。

「冬来、壁華殿に李洸を呼んで。……朝議が自害で処理しろとうるさく言おうと、范才人の件は事件として扱う。これは勅命による再調査だ」

「御意」

命を受けた冬来が場を離れたところで、叡明が蓮珠たちを振り返った。

「二人も壁華殿へ。……范才人の宮から持ち出された文書は、いまだ行方不明だ。この再調査は、それらを探すことでもある。二人にも存分に働いてもらうよ」

叡明の言うとおりだった。蓮珠たちの目的は当初から、消えた文書の奪還と秘密漏洩の有無を確認することにあった。

「行きましょう、翔央様」

翔央がうなずくのを確かめて、蓮珠も壁華殿のある皇城へと歩き出す。その脳裏に、突然、范才人の声がした気がした。

「その秘密は、貴女に重い選択を幾度も迫る」

消えた文書を探すこと。これもまた、蓮珠が胸の内に抱える秘密が強いる、選択の一つなのだろうか。

確かに、あの秘密が漏れた可能性がなければ、これほどやっきにならなかったかもしれない。そして、懸念が完全に消えないうちは、蓮珠もこの件から手を引くわけにいかない。

もし……、もしも、そうなら、今この選択をしたことで永遠に失われたものは、一体何だったのだろう。

冷たさの増す冬の空気にかじかむ手で、蓮珠は翔央の服の裾をそっとつかんだ。このひどく弱々しいつながりが、まだ断たれてはいないことを確かめるように。

第五章　朔風払葉

「きたかぜこのはをはらう」

騒がしかった夜が明け、ようやく静けさが戻った。そんな中、壁華殿の皇帝執務室内は、大わらわだった。

主従が逆転したかのように、皇帝とその弟宮が丞相の前で小さくなっている。

「……それで、あなた方は、肝心の遺体が消えているのに、殺害されたかどうかについて、どこから調べろとおっしゃるのですか？」

李洸の細長く、いつも笑っているように見える目が、本格的な冬を迎えつつある相の外気よりも冷たい。蓮珠も双子の横に連座させられて、李洸の放つ冷気を一緒に浴びている。

「現場の再調査から始めればいいだろう？」

叡明が反省する側にされる理由などないというように反論した。

「その現場の状態が、そもそもよろしくなかったために、自害と断じることもできずに、今回の件の処分が宙に浮いていたのですが？」

つい先ほど終わった朝議で、范才人の死の再調査が、皇帝より正式に命じられた。昨夜、范才人の遺体が持ち去られたことで、朝議内でも自害について疑念を持つ者が多かったため、再調査自体は大きな反対にあうことはなかった。

だが、実際に再調査の指揮を執ることになる李洸としては、命じるのは簡単だろうが、どこからどうしろと？　という状態で、ただいま説教中というわけである。

「俺は、あの黒ずくめの男の正体から調べるべきだと思う。……范才人を殺害したというのは嘘だとしても、遺体を持ち去ったのは、やはりあの男ではないかと見ているんだが」

遠慮がちに翔央が提案した。これに李洸が問いただす。

「何のために持ち去ったとお考えですか？」

「俺と蓮珠に遭遇したのは、あちらからしても偶然だったはずだ。だから、あの場で俺たちにちょっかいを出したのは再調査へのダメ押しであって、遺体を持ち去り、自害に疑いを持たせることだけが、昨晩の騒ぎの本来の目的だったのではないかと考えている」

自分が范才人を殺したという発言といい、あの黒ずくめの男は、どうしても范才人の死を自害で終わらせたくないようだ。

蓮珠は闇に浮かぶ白い顔を思い出しながら、首を傾げる。

「あの……そうなると……もしかして、あの時、范才人様のご遺体も近くにあったということですか？」

「可能性は高い」

翔央の返答に、蓮珠は顔をこわばらせた。

「お待ちください。その黒ずくめの男の正体を調べるというのも難しい話です。調査の手掛かりになるものを特に残しているわけでもないのでしょう？　姿を見たのも、主上と冬来殿、翔央様に陶蓮殿の四人だけです」

「皇城司は、逃げた襲撃犯を追っていたんだろう？　それなら、あの男のことを見ているのは、俺たちだけではないはずだが？」

翔央が言うと、李洸が部下に何か書面を持ってこさせた。

「昨晩起きた出来事を順番に並べますと……、まず皇城内で不審者が目撃されたとの報により、皇城司の一隊が詰め所を出ました。この時見回り担当ではなかったために詰め所に残っていたのは、皇城司の長である范昭殿とその護衛の八名、他は事務方の数名だったそうです。この詰め所が何者かに襲われました。数個の煙玉が投げ込まれ、范昭殿が負傷し、襲撃者はすぐに逃亡。護衛以外の数名が見回り担当に声をかけつつ、捜索が開始されます。この捜索時に、范昭殿が范才人様のご遺体がなくなっていることに気づかれ、そこからは人員を増やして宮城内を大捜索することになったそうです。……襲撃は一瞬であり、襲われた范昭殿も襲撃犯が何者なのかほとんど見えていなかったようですよ」

蓮珠は李洸を見上げ、眉をひそめた。

「それで皇城司の方々は何をどう探していたんですか？」

だが、隣から別の疑問を提示された。

「それは後だ。李洸、……なぜ、范昭は遺体を確認した？」

翔央の疑問に李洸が大きくうなずく。

「小官がお聞きしたところでは、范昭殿はそもそも昨晩ご遺体を范家に移送するために登城していらしたそうです」

これには叡明が鋭い声を上げた。

「移送？　一体誰がそれを許可したんだ？」

「その点に関しては、范昭殿は自害であることは明らかで、証拠の品は行部に預けたから、もう主上もご存じのことだと。だから、すみやかに范家で葬儀を行なうために移送する予定だったと申しております」

行部の名が出たことで、室内の視線が蓮珠に集まった。

「た、たしかに張折様は范昭様から文書を受け取りましたよ。范昭様は遺書ということにしたがっているようでした。そちらは、すでに主上のお手元に届いているはずですよね。でも、あの場で張折様は自害決定とも、ご遺体を范家に引き渡すともおっしゃっていません。……あの張折様が、そんなことを不用意に口にしたりしませんよ」

蓮珠が上司には非がないことを説明すると、まず双子が納得する。

「それもそうだ。蓮珠の言う通り、張折殿に限って不用意なことは言うまい」

「たしかに。わざと相手の意図を探るために遺書だと口にしたとしても、それならそれで、あの紙を持ってきたときに何か言うだろうしね」

蓮珠が言うまでもなく、双子の元家庭教師に対する信頼は絶大だった。

「李洸、再調査は、范昭の周辺を調べることから始めよ。いいかげん、あの男のうさん臭さが鼻についてきた。皇城司の長が護衛を八人も連れて歩かねばならないほどの何かがあるようだから、徹底して調べるように」

「そういうことでしたら、お任せを。具体的な糸口があれば、こちらとしても大変動き出しやすくなります」

李洸が拱手すると、部下とともに執務室を出ていく。彼らを見送ってから蓮珠は疑問を口にした。

「皇城司の詰め所を襲った者については、お調べにならなくていいのですか？」

だが、叡明に鼻先で笑われた。

「なんだ、陶蓮はわからないのか？　襲われたのは一瞬でも、皇城司は襲撃者を追うことができたし、范昭は護衛を八人もつけていたんだよ」

秀敬が言っていたように叡明の物言いは回りくどい。蓮珠は翔央を見上げると、彼は幾分かみ砕いて説明してくれた。

「范昭には襲撃される心覚えがあるし、襲撃者が誰であるかも、おそらくすでにわかっているということだ」

「襲撃者が誰か、范昭様はご存じということですか？」

蓮珠は目を見開き、翔央に確認した。

「どこまでの知り合いかはわからないが、目星がついていることは確かだろうな」

翔央が言うと、叡明が執務用の机の上に置いてあった紙束を手に取った。

「二人も下がっていいよ。……というより、そっちはそっちで引き続き、范才人の宮から消えた文書の件を調べてもらう。昨夜の男も持ち去った者を追っていると言っていた。誰かが持ち去ったことは確かなようだ」

まだまだ解放とはいかないようだ。いつになったら行部の職務に戻れるのかと蓮珠がため息をつく横で、翔央は兄帝に了承の返事する。

「わかった。……では、我々は少し別方向から調べることにするか」

我々と言われて顔を上げた蓮珠に、翔央が自案を提示する。

「范昭に襲撃者の心当たりがあるなら、范家自体ともかかわっている可能性が高い。文書の件も范家の者に聞いてみるのが早いと思うのだが、どうだろう？」

つまり、小椿に話を聞くということか。

そう受け取った蓮珠が応じるより前に、叡明が紙束を持っていないほうの手をヒラヒラさせて、二人を追い出そうとする。

「そうだね。狙われているのが范昭なら、僕の警護は冬来一人で充分だ。僕は僕で金烏宮に籠(こも)って調べものをしたいから、二人で行ってきて」

冬来と二人で金烏宮に籠っているということは、翔央と蓮珠に皇帝と皇后のフリをしていいという許可を遠回しに伝えているのだろう。

たしかに、そうすれば、重い口を軽くする絶大な効果になる。

しかも、襲撃者の件だけでなく、あの宮にどんな文書があったのかがわかれば、その中に蓮珠の秘密を記したものがあったのかを推察できるかもしれない。

「わかりました、行きましょう！」

力強くうなずいた蓮珠に、翔央が満足そうな笑みを浮かべる。

「……では、我が皇后よ、行くとしよう」

翔央は軽い口調でそう言うと、蓮珠に手を差し出した。応じて、翔央の手に自分の手を重ねようとしたところで、背後から咳払いがして、慌てて引っ込める。

「う、後ろに控えております。皇族の方のお手を煩わせるなど不敬でございますれば」

想う人の兄の前で、手を重ねることも許されない。

慌てて取り繕いながら、蓮珠はそんなことに切なさを感じていた。

身支度を整え、案内に秋徳を伴って訪れた奇花宮の范才人の部屋は、先日とは異なり、とてもきれいに整えられていた。

「主上と皇后様にお越しいただくなど、大変な名誉にございます」

新たに奇花宮の住人となった小椿は、二人の前に叩頭した。

「立ちなさい。そう畏まることはない。……今日は、そなたの様子を見に来ただけだ」

翔央は小椿を立たせると、自分は居間の長椅子に腰かけた。

「冬至の大祭も近く、城内はどこもバタバタしている。聞けば、家から侍女を連れてきたわけでもないようだから、手が足りないこともあるのではないか？」

蓮珠も威皇后として長椅子に腰かけ、蓋頭越しに視線だけ動かして周囲の様子を窺った。調度品は変わっていない。あの日、床に散らばっていた小物類も、整えられた状態であるべき場所に戻されたようだ。一見すると、この宮が荒らされていたことなんてなかったようにも思える。

「問題ございません。……それよりも、主上、ご訪問の本当の理由をお伺いしてもよろしいでしょうか？」

甲高い早口でそう言い切り、小椿のあの鋭い視線が翔央に注がれる。

「主上に対して、なんと無礼な……」

秋徳が型通りの怒りを示し、翔央がそれを片手で制する。

「話が早いな。それはそれで助かる。すでに聞いているかもしれないが、先の范才人の遺体が持ち去られた。心当たりはないか？」

叡明に似せた、低く呟く声。威圧的な視線の雰囲気も、以前にも増して叡明に似てきている。

「心当たりでございますか？」

「そうだ。……実は犯人らしき者を捕えてあるのだが、背景の事情がわからなくてな。例えば、長年にわたり范家に仕えてきた者で、最近になって行方がわからなくなっている男がいる、という話は聞いていないか？」

翔央は、黒ずくめの男の正体をすでにわかっているような口調で言った。

この皇帝の問いに、小椿は迷っているようだった。

「……………家のことは存じません」

最終的に話さないことを選択した小椿だったが、そのためらいに翔央がたたみかける。

「そうか？　では、こういう聞き方ならどうだろうか？　その行方がわからなくなっている男は、范才人の侍女の身内らしいのだが……？」

自分が知らなかった事実に蓮珠は驚く。金烏宮で着替える間にあの黒ずくめの男が捕まって、身元についての報告が届いたのだろうか。

そして小椿は、蓮珠以上に驚いていた。

「まさか本当に、関汐殿が……！」

小椿が人名を口にした瞬間、翔央の口角がほんのわずかに上がったのを蓮珠は見た。だが、その横顔はすぐに平静に戻り、冷たく言い放つ。

「……そうか、あの男、関汐と申すか。口数少ない故、名も知れぬ男だったが、どうやら名無しで西王母の元に送らずに済みそうだ。邪魔をした、行こう、威皇后」

己の失態に気づいた小椿が青ざめた顔で床に膝をつき、長椅子の翔央を仰ぐ。

そんな彼女を一瞥しただけで、翔央は長椅子を立ち、短い訪問を終わらせようとした。

「お、お待ちください、主上！」

縋りつくように小椿が問う。

「関汐殿は、もう……」

小椿は言葉を詰まらせながら問いかける。

「……後宮への侵入、皇妃殺害、遺体の持ち去り。これほどの大事は、死刑に相当する大罪だ」

翔央は関汐という男があたかもすでに死んでいるかのように、そう応じた。

「違います！　関汐殿が姉に手をかけるはずがありません。それだけはありえません。二人は幼い頃から共に過ごし、決して失われることのない絆で結ばれておりました！」

言い切った小椿は、そのままの勢いで、同じく長椅子を立った皇后を見た。

「関汐殿が姉の遺体を持ち去ったという話ですが、同時に姉の侍女……春華の遺体も消えてはおりませんでしたか？」

強く問いかけられて、蓮珠は思わずうなずいてしまった。

すると急に力が抜けたように、小椿は安堵の笑みを浮かべた。

「よかった。……そうであれば、関汐殿に心変わりはありません。姉の死に、関汐殿はかかわっておりません」

断言する小椿に、翔央が身を屈め、顔を覗き込んで尋ねた。

「……そこまで言うのであれば、別件についても聞いておこう。お前も知っているだろうが、この宮が荒らされ、范才人の書斎からかなりの量の文書を持ち出されている。これは、なぜだ？　何が書かれたものを持ち出したのかわかるか？」

ここでようやく、翔央が本来の目的である文書について口にした。

縁故あると思わしき黒衣の男の生死と比べて、小椿にとってはこだわりのある事柄ではなかったのだろう。彼女は驚くほど容易く答えた。

「それならたぶん、姉が書いた小説ではないでしょうか」

ここまできて、知らばっくれるつもりだろうか。小椿の答えに蓮珠は一瞬冷めた気分になったが、傍らの翔央はさらに問う。

「たかが小説を、どうして持ち去る必要があった？」

「たぶん、なにがしかの秘密を、姉が小説に紛れ込ませていたからです。詳しいことはわかりませんが、姉に書いた小説を見せてほしいとお願いしたら、それはわたくしが読むためのものじゃない。わたくしが知らなくていいことが書かれているからと……」

蓮珠はハッとして息をつめた。

秘密。それは、誰のどんな秘密なのだろう。

まさか、自分が威妃の身代わりをしていた件？

……いや、もしかすると、この胸の奥にある、あの秘密を――。

蓮珠は一歩二歩と後退りし、そのまま再び長椅子に座ってしまった。

翔央が一瞬だけ心配そうな様子で蓮珠に目をやり、すぐに冷静な皇帝の顔に戻ると、小椿に言った。

「小説に秘密を？　……ほう、一体どんな秘密なのか、何がなんでも范才人の文書を手に入れて、読ませてもらわねばならないな」

そこに思いもよらぬ声が割って入った。

「読ませぬ、と言えば？」

声のしたほうを見れば、昼の陽光が作る物陰から、人の姿が浮かび上がる。

「……関汐殿！」

小椿が声を上げ、駆け寄る。

だが、物陰から跳躍した黒ずくめの男は、長椅子に居た蓮珠の背後に回り、手にした細身の剣を喉に突き付けてきた。

「関汐殿！　皇后様になんてことを！」

驚く小椿を翔央が止める。

「近づくな。……お前の中の関汐がどれほどの聖人かは知らないが、あれは躊躇なく人を殺せる手練れだ。近づけば、蓮……威皇后の身が……」

蓮珠の首筋にヒヤッとする感触が触れた。

「……くっ、こんな場所で……」

翔央が悔しそうに呟く。

後宮内は基本帯刀禁止となっている。それ以前に、翔央は引きこもり学者である叡明のフリをするために、後宮内に武器の類を持ち込んでいなかった。

「……何が望みだ？」

「お二人がここを訪れ、自分と会ったあの時、この宮はすでに荒らされた後だった。文書はすでに持ち去られていた。……だが、明霞（めいか）はあれらが表に出ることを望んではいなかった。文書を持ってこい、この女と交換だ」

范才人を名で呼ぶとは、本当によほど近しい人物だったようだ。

それにしても、威皇后の格好をした状態で『この女』とは。しかも、蓮珠は騒ぎのあった夜に蓮珠のまま関汐に会っている。顔を見られてしまえば、皇后でないことはバレてしまうだろうから、身分の高さによる躊躇といったものは期待できそうにない。

かといって、自力で逃げるという選択肢もなさそうだ。皇后の衣装は動きにくい。一旦拘束を逃れたとしても、すぐに捕まってしまう。手が届く範囲に武器になりそうなものもないから、この拘束を逃れるすべもない。そもそも翔央や冬来でも捕らえることが難しい相手に、蓮珠ができることなどほとんどないだろう。

「しゅ……主上……」

蓮珠の呟きに、翔央が苦々しい表情を浮かべ、蓮珠の背後の男を睨みつける。

「わかった。范昭に命じて皇城司に探させよう。……どこへ持っていけばいい?」

翔央が交渉に応じる姿勢を見せるも、男は警戒を解かずに答えた。

「范昭に聞け。范家が物を隠すのによく使う場所だと言えばわかるはずだ。あの男にその気があれば教えてくれるだろうさ。……いや、そこに二人の遺体もあると言えば、慌てて飛んでくるかもしれないな。あの男にとって、あれは残しておいてはいけないものだから」

どういう意味だろう。蓮珠は首に触れる刃先の冷たさに気持ちを飲み込まれまいと、とにかく男の発言に集中していた。

「待って、関汐殿! 皇后様を放して、人質ならわたくしが!」

小椿が翔央の制止を振り切って前に進み出る。だが、関汐は小椿の提案をすぐさま却下した。

「あの男にとって娘は道具だ。明霞も、玉香(ぎょくか)……お前もだ。それでは人質にならない」

范昭にとって娘は道具? 蓮珠は、范才人の遺体を前にした范昭が泣き崩れる姿を鶯鳴宮で見ている。それとは結びつかない言葉に眉を寄せるも、小椿は関汐の言葉を否定せず、今にも泣きそうな潤んだ目でこちらを見つめている。

「なら……姉様に、わたくしも姉様に会わせて……」

その小椿の懇願に関汐は答えず、そのまま蓮珠を抱えて跳躍した。

「え、うそ……！」

蓮珠は思わず声を上げた。

いくら小柄な蓮珠とはいえ、成人女性、相応の重さはある。その上、様々な装飾品のついた皇后の衣装を着ているというのに、軽々と部屋の中央から扉のある部屋の端まで跳んでみせた。しかも、蓮珠を拘束する力は緩んでいない。

こんなこと、日頃から訓練している皇城司にもそうそうできる者はいないだろう。

これが范家に仕える者の標準の力量なら、たしかに翔央の言うように油断ならない家だ。

宮の外に出て数度ほど後方へ跳躍し、庭の木々に紛れてからようやく前へと体の向きを変えた。蓮珠を抱えた状態のまま、かなりの速度で木々の間を走る。

「一体どこへ？」

蓮珠は周辺の光景から場所を把握しようとした。

「……この状況で俺に質問とは、お前は相当肝が据わった女だな」

男が半ば呆れて言うも手にした剣を逆さに持ちかえた。どうやらもう、蓮珠が威皇后本人でないことはバレているようだ。

「だが、教えるわけにはいかない」

その言葉と同時に蓮珠は首筋に衝撃を感じた。

とっさのことでみじんも反応できなかった。何かを考える間もなく、意識がすとんと闇に落ちた。

第六章

橘始黄

「たちばなはじめてきなり」

蓮珠が目を覚ました時、周囲は暗かった。

かつて鶯鳴宮で囚われた時と同じように寝すぎて夜になったのかと思ったが、窓のない倉庫のような部屋に横たえられているので時間はわからない。

手首と足首だけが縛られている。装飾品が多く、絹地も幾重にも重ねて作られている皇后の衣装を着ているので、胴や腕を縛りにくかったようだ。動きにくい分、このような利点があるとは気づかなかった。

蓮珠は身をよじらせてどうにか体を起こしながら、この皇后衣装の利点を威皇后にお伝えしよう……などと考えていた。

ここは後宮のどこかだろうか。宮の室内なら調度品から女主の部屋か否かわかるものだが、倉庫のような裏方の場所は、置いてあるものがだいたい同じで、特徴らしい特徴は広さぐらいしかない。倉庫が大きければ、全体的な場所自体も広いと推察できる。

「あああああぁ～！」

蓮珠は、なるべく長く叫んでみた。声の響き具合で倉庫の広さがわかると思ってのことだったが、部屋の片隅で動いた気配に止められた。

「やめておけ、喉がつぶれるだけだ。デカい声上げたところで、誰か来るような場所じゃない。おとなしくしていろ」

声と足音、近づいてくる歩数。蓮珠は耳で距離を測った。この倉庫は、それなりに大きいようだ。少なくとも栄秋の一般的な住居にある倉庫より大きい。栄秋は手狭な土地で、商業的に成功している豪商の大きな屋敷であっても、あまり大きな倉庫は作ることはない。大きな倉庫を作れるのは皇城内ぐらいだ。

もう一つ、この規模の倉庫だというのに、見える範囲には物がない。

「皇城内の廃墟のいずれか……ですね？」

蓮珠の指摘を、関汐が軽く笑い飛ばした。

「それがわかったところで、出られるわけじゃない」

たしかにその通りだが、栄秋の街のどこかの家に閉じ込められているよりは、皇城内のほうが見つけてもらえる可能性が高い。それだけでも、少しは気が楽になる。……あくまで、蓮珠の気持ちの問題でしかなく、助けが来る保証などないが。

「ここが取引の場所ですか。……ということは、ここに范才人様のご遺体も？」

探るようにあたりを見た蓮珠に、関汐は隠すことなく蓮珠の後方を指さす。

「いる。……あんたの後ろだ」

縛られたままでも蓮珠は思わず跳ねた。

「ここはかなり冷えている。時が来るまで、二人を寝かせるにはちょうどいい」

二人ということは、侍女の、春華の遺体も同じくここにあるということだ。

「春華殿のお身内なのですか？」

「よく気づいたな？　いや、あの御方が言ったからか。……兄妹だ。両親を戦争でなくし、妹と二人途方に暮れていたところを范家に拾われた。以来、俺は妹が生きていく場所をただひたすら守るために、范家に仕えた」

本当に身内だったのか。翔央がどうやってそのことを知ったのだろうと蓮珠が疑問に思っていたら、関汐のほうからその話題に触れてくれた。

「あの御方……主上と同じ顔だが、主上じゃなかったみたいだな……ということは、あれが白鷺宮様か。聞いていた以上に頭が回る方だ。遺体を両方持って行った、そこから俺が何者かある程度当たりをつけたんだろう」

「あれ、想像だけで言ってたってことですか？」

目を丸くさせた蓮珠を、関汐が笑う。

「そうやって思ったことがそのまま顔に出るから、白鷺宮様もヒヤヒヤなさるだろうな。そうだな……朝議でも後宮でも問題になっていたのは明霞の――『范才人』の死の真相のみ。だから、その死を不審に思わせたいだけなら、持ち去る遺体は一体でも問題なかった」

たしかに、二体も運ぶのはそれなりに時間がかかるし、場所の確保も大変だ。なにより運んでいる最中に見つかる可能性も高くなる。それだけの危険を天秤にかけても、あえて二体とも持ち去った。

「そこから、持ち去った人間が春華殿のご遺体もどうしても運びたかった理由を、翔央様はお考えになったということですか。そうなると、恋人か家族の線が強い。でも、范才人様の侍女として常に後宮内にいる春華殿に恋人がいた可能性は低いから……」

だから、遺体を持ち去ったのは侍女の身内だと。翔央の思考をなぞった蓮珠は、自分を見ている関汐に尋ねてみた。

「……身内と言えば、どうして、小椿殿でなく私を連れてきたのですか？」

何か狙いがあるかと思えば、関汐の回答は実に単純だった。

「……あの場で手の届く範囲にいて、人質になりそうで、捕まえやすそうなのが、あんただったから。玉香……あんたが言うところの小椿の提案通り人質交換なんてしてみろ、あの白鷺宮様がその隙を見逃すわけがない」

あの場に居たのは、翔央、小椿、蓮珠。そして、手近にいたのは蓮珠だった。そりゃあ、わたしでも自分を選ぶだろうな。蓮珠は納得してしまった。

ならば、あの范昭が娘を道具云々（うんぬん）というのは、その場の嘘ということだろうか。そのわりには、小椿も否定しなかったが。

蓮珠が唸っていると、関汐がどこからか酒を出してきた。

「まあ、お互い今はやることもない。どうせ暇なんだ。これでも飲まないか？　……どうにも一杯やりたい気分でね」

やけにくだけた様子の男を、蓮珠は怪訝に思う。

「……なんか、先日と性格違っていませんか？」

闇に浮かぶ白い顔をした寡黙な男。それが、ここにきてなんだか妙に軽い。

「目的達成まで、あと少しだからな。少し息抜きしたくなったんだ。あんた相手なら、まず力で負けることもないだろうしな」

それから関汐は懐かしそうに目を細めた。

「性格については、いつだったか明霞にも同じことを言われたな。……だが、こういう仕事のせいか、仕事用の自分ってのが居るのさ。宮勤めのあんたにだって居るだろう？　お互い、そうやって本来の自分を隠さないと、やりきれないこともある仕事だからな」

関汐は言いながら蓮珠の手首の縄を解いた。皇后衣装は絹地が重なっているせいで、手を伸ばしても足首の拘束には届きそうにない。

やはり皇后衣装に利点はなかった。蓮珠が肩を落としていると、目の前の床に酒をなみなみ注いだ酒碗が置かれた。

蓮珠が酒碗を黙って見ていると、関汐は「なんだ、毒の類なんて入れてないぞ」と笑い、同じ器から注いだ酒を一気に飲み干した。

本当に酒を飲ませてくれるようだ。自分を誘拐した相手と酒などどくみかわしていいのだろうかという思いがよぎるが誘惑には勝てず、ありがたく酒碗を手にする。

関汐が再び自分の分をグイっと飲み干し、ため息交じりに口を開いた。

「でも、ダメだな。……仕事の時の自分なんてのを作っちまうと、本来の自分がいつの間にか侵食される。そりゃあ、そうだよな。仕事している時間は長い。どうしても、身体に染み付くんだ」

酒が入ると愚痴る性質のようだ。酒に強い蓮珠は、飲食の席では常に話を聞かされる側なので、こういうやり取りには慣れている。

「染み付かないものもありますよ。……早起きとか」

「あー、あんた苦手だって書いてあるもんな」

関汐が笑い、蓮珠はハッとしてその顔を見返した。

「まさか、そんなことまで范才人の文書に書いてあるんですか？」

関汐が動きを止める。真顔で蓮珠を見た後、盛大に笑いだす。

「あんた、面白いな！　そんなもん書いてあるわけないっての。顔だよ、顔。あんた、朝弱そうな顔してるって話だ」

寝汚（いぎた）なそうな顔ってことか。それはそれでひどい話だ。いじけたようにちびちびと飲んでいると、関汐が蓮珠の顔を覗き込んできた。

「でも、あんた、威皇后の身代わりを押しつけられてたってことは、宮勤めって言っても皇后の宮付き女官かなんかだろ？　早起きできなくて、よくクビにならないな」

本気で不思議そうな顔をするから、蓮珠は首を振った。

「女官じゃないですよ。私は官吏です。妹に起こしてもらってなんとか登城できている状態なのは本当ですけど」

本当だと言ったのに、関汐は疑うように眉を寄せている。

「……あんたが官吏？」

そこから問いただされるのか。蓮珠は茶でも飲むように酒碗を両手で持ち、静かに飲み干してから答えた。

「ええ。……長く下級官吏をしていたのですが、半年ほど前に上級官吏になりまして。今は行部に所属しています」

関汐が探るような目で蓮珠の目を覗き込む。

「行部の……陶蓮？」

蓮珠は官名で言われて、淑香の范才人との手紙のやり取りの話を思い出した。関汐もその手紙を読んだのだろう。

「よく、ご存じで。范才人の手紙に書いてありましたか……？」

関汐の目が潤み、光が宿った。熱を帯びた表情は、酒によるものとは思えない。蓮珠の目には、彼が何かに興奮し、泣き出す寸前に見えた。

「そうか、あんたが陶蓮か。……だとしたら、あの場であんたを攫うことになったのも、明霞に見えていた未来の内ってことか」

「あの……そのあたりについてお聞きしたいのですが、范家って、なにか不思議な力を持っている家系なのですか？　范言様と言い、范才人様と言い……」

蓮珠の問いに、関汐が腕を組み、大きく身体を傾ける。

「どうなんだろうな……。俺からすると先代の范家のご当主も范言様も、不思議な力をお持ちのように思えるけど、明霞はそういうものじゃないって言っていたからなあ」

関汐自身もはっきりとは知らないようだ。蓮珠は少し残念に思いつつ、重ねて尋ねた。

「范家は、独自の情報網を持っていたから派閥を形成できるほどに家が大きくなったと聞きましたが、先々代くらいまでは官戸（官吏を出した家）じゃなくて、地方の商家だったんですよね？　それでどうやって……？」

「それなら答えられる。范家は、相国内の行商人たちを取りまとめている家だったから、国内外のさまざまな情報が集まってくるわけだ。有益な情報を持つ者を厚く遇するのは普通だろう？」

関汐がまた蓮珠の酒碗に酒を注ぐ。

「それだけなら、他の家でもいくつか同じ商売をやっているところがありますよね」

「その差が不思議な力なんじゃないかって話に繋がるらしいな」

関汐は自分の酒碗にも酒を注ぐと、蓮珠に賭けを挑んできた。

「……官吏のあんたがなんでそんな恰好しているのか。俺が勝ったら教えてくれ」

少なくとも蓮珠については、范家の情報網で詳しく調べられていないようだ。でなければ、一体どこの誰が蓮珠に飲み勝負など挑んでくるものか。

「……いいですよ。では、わたしが勝ったら、これまでの経緯であなたが知っていることを話してもらいます」

蓮珠が酒のたっぷり入った酒碗を手に、にっこりと笑ってみせた。

蓮珠の感覚からして、一刻程度。関汐は部屋の端に置かれていた大きな瓶（かめ）に入った水で顔を洗っていた。

「……くーっ、どうりで簡単に勝負に乗るはずだ！　そのちまい身体に、いったいどんなカラクリしこんでんだよ、あんた？」

「わたしの身体がどういうカラクリでできていても、勝負は決しましたからね。話してもらいますよ」

「わかっている。……誤魔化すような卑怯な真似は、あの男じゃないんだからしないさ」

「あの男？」

「范昭だ。名前も口にしたくねぇから、『あの男』で充分だ。范言様があまり口数が多い方でないのをいいことに、范家で自分のやりたいように振る舞いやがる」

　大きなため息と共にそう言った関汐は、蓮珠の背後のほうに視線を向けていた。そして、無言で立ち上がると倉庫の奥へと入っていき、紙束を持って戻ってきた。

「前も言ったと思うが、俺が明霞の宮に入った時、すでに宮は荒らされた後だった。あんたらも気づいただろうが、明霞の書いた文書は、ことごとく持ち去られていた」

　蓮珠は眉を寄せた。

「……持ち去ったのは、范才人様本人なのでしょうか？」

「いや、明霞ならあんな荒らす必要はないだろう？　俺は、春華を殺した犯人が持ち去ったと考えている。そいつは、鶯鳴宮で二人に何があったかを絶対に知っているはずだ」

関汐は首を振ってから、蓮珠の前に先ほど持ってきた紙束を置いた。

「これを、あんたに。……俺が明霞からあんたに渡すよう預かっていた文書だ。あんたなら、ここに隠された秘密を見つけてくれる、と」

范才人から女官吏の陶蓮に残された文書があったなんて。范才人の最期の言葉を思い出しながら、驚きと共に紙束を手にとる。

パッと見た限り、ごく普通の紙に筆で書かれた文書のようだ。だが、枚数にして十数枚しかない。

「范才人様の宮からは相当量の文書が持ち去られたはずです。……残りをすべて犯人が持って行ったとしたら、いくらなんでも目立つのでは？」

「消えた文書の一部は、鶯鳴宮で血濡れていた紙ではないかと思っている。それでも、まだ他にもあるはずだ。俺は、犯人がその文書を持ち去ろうとしたところを春華が目撃し、殺されたんじゃないかと考えている。文書を持ち去ったやつを探せば春華を殺した犯人にたどり着くだろうし、文書を読み解くことで明霞に何があったかわかるはずだ。だから、あんたと消えた文書を交換したいんだが……けど、文書と交換しちまったら、官吏の陶蓮に、どうやって読み解いてもらえばいいんだろうな？」

暢気なことを言っている場合ではない。

「范才人様は最期に『わたしだから頼む』と、そうおっしゃっていました。どういう意味なんでしょうか？」

蓮珠は紙のよれをのばしながら関汐に聞いてみたが、彼は首を振った。

「悪いが俺にもそれはわからない。俺が明霞から頼まれたのは二つ。そのうちの一つが、何かあった際には、これをあんたに渡す……ってことだった」

二つのうちの一つだと言われると、もう一つが気になってしまう。だが、今は目の前のものから片付けるよりない。蓮珠は紙束を持ち、向きなどを整えてから、視線を紙面へと落とした。

「……では、拝読させていただきます」

緊張しつつ読み進めるも、失望が広がる。拍子抜けしてしまうほど、それは、どこまでも普通の小説だった。話が繋がらない箇所もあるが、それは紙ごと失われているからだと考えられる。

「……これが、范才人様が関汐殿に託し、宮を荒らした何者かも狙っていた文書なの？」

十数枚の紙に目を通した直後の、蓮珠の感想はそれだった。

架空と現実が混ざったような舞台設定で、主人公と親友、親友の妹が中心となって、国を良くするために国内の悪辣な勢力と戦うことになる。黒幕は主人公の父で、あろうことか他国に通じ、祖国の情報を流していた。主人公は父に勝利し、最後には親友の妹と結ばれて終わる。なんとも良くある筋書きの話だ。

「わたしに読ませたかったのは、本当にこれなのでしょうか。実は、范才人様のほかの文書を読まないと意味をなさない、ということは？」

「いや、俺はこれを渡すようにと頼まれた。これさえあんたが読めば、真意を察したあんたが文書と一緒に主上に報告する。そういうことになると言っていた。明霞は回りくどい言い方をする奴だが、嘘は言わない。これだけを行部官吏の陶蓮に渡せと言ったからには、それで十分なんだ」

関汐に言われて、蓮珠はもう一度紙面を見る。

「官吏のわたしに、この話の一体何を伝えたかったんだろう？」

何か自分なればこそ指摘できるような部分があっただろうか。文字は美しいし、物語もきれいにまとまっている。これを読んで官吏が言えることなんて……。

「まさか、そこ……？」

蓮珠はもう一度、范才人直筆の原稿を頭から読み返した。

今度は文字を『見る』ことに集中した。蓮珠は字から書いた人間の感情を読み取れる。他者の筆跡を真似るのもうまかった翠玉のいたずらを見破る過程で身についた特技だ。しかし、范才人が知るわけもない特技のはずだが……。だが、すべてを見透かすような

あの男装の麗人ならば、蓮珠の特技を知っていても不思議ではないかもしれない。

「ここに紙と筆はありませんか？　あと、もちろん墨も」

紙と筆を用意してもらい、范才人の筆跡の中で、強い感情が込められた箇所だけを抜き出してみる。

物語の本筋とは関係なく、あちこちにそれは散りばめられていた。

最後までいったところで、自分の書き出したものを見返し、ため息が出た。

「そうか、だからわたしに確認させたかったのか……」

「俺には、まだわからん」

関汐が蓮珠の書き出した紙を見て、首をひねる。

「関汐殿は、二人の遺体があることを知れば、范昭様がここに来る気になるとおっしゃってましたよね？　范昭様は、どうしても遺体を取り戻したい。それはなぜだと思いますか？」

蓮珠は関汐に問いかけながら、自分が書き出した紙を再度読み返し、改めて確信する。

「それは……遺体に殺害の証拠があれば、明霞は自害じゃなくなる。あの男は明霞の件を自害にしないと、才人に空位ができず、玉香を入宮させることができなくなる。だから、あんなに急いで遺体を范家に運ぼうとしていたんじゃないのか？」

関汐の回答に蓮珠は目を閉じた。

「それは半分当たっていて、半分間違っています。……范昭様も、范才人様と春華殿の両方の遺体を運ぼうとしていたんです。関汐殿と同じように、春華殿の遺体も運び出したかった。でも、あなたとは理由が違う。范昭様のそれは、保身です」

蓮珠は目を開けて、関汐の顔を見上げた。

「……おそらく、春華殿を死に至らしめた毒が、何かを調べられてはマズいから」

関汐は目を見開き、再度蓮珠の書き出した紙を見下ろす。

「読ませていただいた話を、実際の人物の配置に直してみるんです。主人公は范才人様ご自身だとします。親友は関汐殿、幼馴染で共に戦ってきた親友の妹は春華殿と思われます。そうすると……主人公の前に立ちはだかる巨悪として描かれている父親は、范昭様ということになりませんか？」

蓮珠は書き出した紙にある人物相関図の部分を関汐に示した。

「主人公の父は、国内の権力闘争に勝つために……隣国の後ろ盾を得ます。自分の側近に隣国から精鋭をつけてもらい、ほしい情報を得るための、『特殊な薬』なんてものまで提供されている。その見返りは自国の情報を流すこと。つまり、内通者なんです」

物語の背景、政治的な事柄が描かれた部分にこそ、范才人の仕掛けがあった。そうして読みとれるのは、范父娘の壮絶な攻防だ。

「おそらく春華殿に用いられた毒というのが、范昭様が通じている国から提供された薬なのでしょう。それを調べられれば、どこの国と繋がっているかがわかってしまうような薬……これは、下級官吏時代にいた御史台で聞いた話なのですが、皇城内で侍女や女官、宦官が一人で亡くなっただけなら、どんな毒が使われたのかまでは調べることなく終わらせてしまうことがあるそうです。下手にこれらの件を詳しく調べてしまうと、皇妃同士の争いやその裏にある朝議での権力闘争に繋がってしまうからだと言っていました。でも、同じその場所で、皇妃が亡くなっていたら？　しかも、自害なのか殺害されたのかわからないような状況だったとしたら？　……さすがに詳しく調べないわけにはいきません。真相をはっきりさせるために、侍女の死についても細かく調べられることになるでしょう。だから、范才人様は——あのような方法を選ばれた……」

蓮珠は語尾を濁した。一度目を閉じ、考えを整理しながら再び口を開く。

「范昭様が春華殿を殺害した理由までは、わたしにもわかりません。でも、范昭様はわざとあの日を選んで鶯鳴宮で春華殿を殺害したのではないでしょうか。行部に遺体を発見させ、侍女の死としてさっさと処理させるために。鶯鳴宮の施錠管理は皇城司が行なっていました。鶯鳴宮を開けることは、皇城司の長である范昭様にとって難しいことではなかった。そして、皇城と後宮を仕切る門の警備も皇城司の職掌ですから、後宮の者を皇城側へ連れ出すことも可能だったと思われます」

范才人は、侍女が連れだされるのを不審に思い、後を追って自身も皇城側に出たのではないかと蓮珠は思っている。だが、その後での范才人の選択を考えると、痛ましくて先を続ける言葉が鈍る。

「だが、あの男のその計画は、皇妃である娘によって阻まれたわけか」

押し黙った蓮珠に代わって、関汐がそれを口にした。

「……はい」

蓮珠は短く肯定した。

「范昭は、……娘の遺体を弔うためではなく、侍女の遺体を目立たず運ぶのに、自分の娘の遺体を利用しようとしたわけか」

范才人のまさに命を懸けた告発を、范昭はなかったことにしようとしていたのだ。

「……ええ」

蓮珠は再び短い肯定で返した。

ただ、ここでも范才人は、范昭の狙いを阻む仕掛けを残していた。

「范昭様を待たずに、春華殿のご遺体を運びましょう。李洸様にお願いすれば、詳細調査をしていただけるはずです。そうすれば……」

蓮珠の提案に、関汐は首を激しく横に振った。

「ダメだ。……二人は一緒に西王母の元へ送る。俺が明霞としたもう一つの約束——それは何があっても、明霞と春華を共に送ることなんだ」

「しかし、それでは！」

「明霞は最期に、春華に手を伸ばしたんだろう？　……なら、明霞の願いは変わっていない。俺は誰が何を言おうと、この約束を守る」

関汐の意志は固かった。いまだ足首を拘束されている蓮珠には、どうにもできない。何もない薄暗がりの倉庫の天井を見上げ、蓮珠は呟いた。

「つまり、二人の死は謎のままにする、と……小椿殿は、それで納得されるでしょうか？」

「さあな。……だが、少なくとも今回の件で、父親への不信は確実なものになっただろう。これまでのように、ただ言いなりにならず、自分で考えて道を進めるようになれば、いずれは気づく日も来る。それで十分に、明霞が玉香に望んだことは叶うはずだ」

そこまで言ってから、関汐は苦笑いを浮かべた。

「なんてな……本当は俺が怖いだけだ。きっと俺は玉香の顔をまともに見られない。明霞が死を選んだのは、春華の……妹のせいだ……」

多くは語らないまま、この件を終わりにする。関汐の言うことのほうが正しいのかもしれない。ある種、官吏的な考え方ではあるが。

この場に小椿がいなくてよかった。蓮珠は、そう思った。

真実が必ずしも望むものであるとは限らない。そんなことはわかっていた。だが、これほどの事情が裏に隠れていたとなれば、范家は罪を問われる。范才人が、その血で文書を読めなくしたのは、きっと家に残る妹のためだ。

范才人の死は、春華のためであり、自身のためであり、そして、妹のためだったのだ。

この真実を小椿に知らせることは、果たして正しい選択なのだろうか。

蓮珠は両手首に残る縄の痕を見下ろす。

あの場で、たまたま関汐の手の届く範囲にいたから選ばれ、そして、文書の謎を読み解くことを選択し、結果として、こんなにも複雑で悲しい真実を託されてしまった。

「……選択するって、何なんでしょうか？」

「行く末を選ぶこと、じゃないだろうか？」

　選ぶことの本質が、選ぶことだなんて堂々巡りではないか。蓮珠が疑問に眉を寄せると、関汐が小さく笑って、蓮珠の眉間を指先でつついた。

「陶蓮殿、行く末を選べる特権は若いほど多い。俺たちは、もう若くないんだ。ぼやぼやしていると、もう何ひとつ選べなくなっていて、どうしようもない結果と老いた自分だけが残されることになる。自分は何もできなかった、自分は何もしてこなかった。そんな後悔が足に絡みついて、先へ進むことができなくなるぞ。……俺のように」

　蓮珠はうつむいた。彼はどうすることもできない結果のむなしさを痛感しているのだ。妹は亡くなり、幼馴染も彼に二つのことを託して、すでに逝ってしまった。もう、彼は何かを選べることはなく、託されたものを受け止めるよりない。

「同じだ……」

　蓮珠は小さく呟いた。

　遠い夏、故郷を失った夜。蓮珠も託されたものを受け止めるよりなかった。

「でも、わたしはあの約束を……いまだに果たしていない」

　今も夢を見る。約束を果たしていない自分を、責める目でじっと見つめる炎の中の家族。その約束を果たすことは、蓮珠にとってあまりにも重い選択になる。まさしく、片方を永遠に失うことになるだろう。だから、ずっと踏み出せぬまま、今日に至っている。

でも、もし、この約束よりも厳しい選択が現れたら、どうなる？

天秤の両方に失えない存在が乗っていたとしたら、自分はどうするのだろうか。

いつの間にか閉じていた瞼の裏には、やわらかく笑む、いつかの翔央が浮かんでいた。

蓮珠は目を開き、手首の縄の痕から両掌に視線を移す。

この手に乗せることができるのは、一つの秘密だけ。そうなった時、自分は一体どちらかを選び、どちらを切り捨てるのか。

「まさか……もう選べない？」

蓮珠がそう呟いたところで、関汐が急に動き出す。

「人が近づいてきている。思ったより早かったな。……范昭が渋っても、白鷺宮様が自らここに着いたか？」

扉の隙間から外を覗き見つつ、関汐が言う。

「白鷺宮様は、よほど陶蓮殿がご心配と見えたが……。どういった関係だ？」

関汐に問われて、どう答えるべきか迷う。しばらく迷って、蓮珠の口をついて出てきたのは、やっぱり可愛げのない言葉だけだった。

「紙の上の関係です」

少しの沈黙の後、関汐が満面の笑みを浮かべた。

「よくわからんが、そんな喜びと迷いをごちゃまぜにしたような、面白い顔をするな。紙の上……良い関係じゃないか。明霞が言っていた。『紙の上では身分も性別も関係ない。ただまっすぐに人は幸せを求めることができる』って。だから、あいつはこんなもんを書いたんだろうな」

そんな風に思ったことはなかった。蓮珠はもう一度、自分の両掌を見つめた。何もない手だ。でも、この手にはまだ何も乗っていないなら、自分から幸せをつかみに行くことだってできるのではないだろうか。

掌から顔を上げると、関汐が蓮珠を見下ろしていた。

「良い顔になったな。……なら、遠慮はいらないか」

関汐は蓮珠の足首の縄を解くと、本当に遠慮ない力で手首を再び縛り上げた。

「悪いが、あんたにはもうひと働きしてもらうぞ、陶蓮殿」

頬のこけた関汐の、ぎょろっと大きな目の光だけが、異様な熱をはらんでいた。

再び縛られた両手を関汐に引かれ、倉庫から連れ出される。出口から数歩進んだところで、蓮珠はそこがどこであるかを悟った。朱塗りの柱が続く廊下と、昼でも薄暗い黒く虚ろな廃墟。後宮内にありながら華やかさとは無縁の、後宮の闇を集めて閉じ込めたような場所。数代前までの皇后の居所だったこの建物群は、取り壊せぬまま、今では禁所となっている。

「……秋宮」

蓮珠が呟くと、関汐が感心したように言う。

「官吏が本職だってのに、後宮内のことをよく知っている。ここなら誰も近づかないし、誰も調べに来ない。呉家が失脚して使われなくなったから、范家が利用するようになった」

出てきた倉庫から離れた建物の院子（中庭）に出ると、空に向かって関汐が声を上げた。

「范昭！　いるのだろう？　出てきたらどうだ？　あんたが欲しがっているものはこっちにあるぞ！　あんたの娘とその侍女の亡骸だ！」

反響した関汐の声が消えたところで、柱の陰から護衛を従えた小男が姿を現した。

「関汐。……死にぞこないのお前たち兄妹を拾って育ててやった恩を、よくもあだで返しおって！」

怒りに顔をゆがませる范昭に、関汐が冷笑を浮かべた。

「恩があるのは范家であって、あんた個人ではない。……さあ、明華の文書を出してもらおうか。春華を殺したのがあんただってなら、文書を持ち去ったのもあんたなんだろう？」

今度は范昭が、関汐に冷たい笑みを見せてきた。

「そんなものは、とうに処分した。数枚書かれていることを確認したが、下らぬ戯言が書き並べられているだけの紙屑だった。……あんなものを後生大事にしまっていたとは、我が娘ながら、最後まで理解できぬ愚か者だったわ」

最初から交渉をするつもりなど范昭にはなかったようだ。

「どうりで、あの場に居たもう御一方のお姿がないはずだ。おおかた、別の場所を教えて追い払い、自分だけここに来たというところか……」

「だったら、どうした？ 万全を期して二手に分かれた、そう言えば済む」

あくまでも強気の范昭を、関汐が笑い飛ばした。

「万全？ ……自分のケツに火がついているのもわからないクセによく言う。范昭よ、ここに明霞が俺に託した文書がある。あんたから見れば戯言が並んでいるだけのものも、読む者が読めば違って見える。穀物庫の貯蔵状況、駐屯地での騎馬の配置に、武官審査によって国境の防衛線が手薄になる時期……これらの情報をどうやって隣国に流しているのかについて、お心当たりがおありか？」

それらの情報は、蓮珠が范才人の小説から抜き出したものだった。范才人が父親の思い通りにはさせまいと、強い感情を込めて、書き残した言葉たち。

范才人の命は失われてしまったが、その遺志は今、彼女の親友であった関汐の言葉となって范昭を打ち抜いた。范昭は、院子を挟んで相対する距離にあってもわかるほどに顔を引きつらせている。

「明霞め、肝心のものは手元に置かず、お前に託していたか！　人質なんぞかまわん！　その文書もその男も……すべて始末しろ！」

范昭の声に、皇城司の姿をした范昭の護衛八人が前へと出てきた。彼らは、関汐の様子を窺いながらも、じわじわと近づいてくる。人の情を感じさせない目や表情は、闇に白い顔だけ浮かび上がらせていた関汐のそれと似ていた。

「これが、他国からの精鋭……」

手にした剣や槍を一歩ごとに強く握り、構えを作る。

「范昭は、あんたも始末するつもりらしい。……人質にならないなら不要だ」

関汐は冷たい言葉を口にしながら、蓮珠を軽い力で突き放した。

そして、近づく男たちを見据えて、小さく呟く。

「まだだ……もっと……」

間合いを計っているのだろうか。だとしたら、彼はこの人数差でも勝つ気でいる。

「でも……」

ここで勝ったとして、どうするつもりなのか。彼が欲したものは、范昭が処分してしまったというのだから、もう手に入らない。

范昭を追いつめる証拠はこちらにあるのだから、ここは一旦退いて、確実に……。

そう思っても、目の前で繰り広げられる戦いは激しく、緊張を強いられた蓮珠の喉は声を発することができない。

「か……、関せ……んぐっ」

掠れて途切れる声で蓮珠が関汐を呼ぼうとしたところで、後ろから口をふさがれた。

突然、背後から強い力で抱き込まれて、蓮珠は抗い身をよじらせる。

「暴れるな、俺だ」

その囁き一つで、蓮珠は全身の力を奪われる。視線だけ動かして背後を窺えば、切れ長の双眸の上にある、形の良い眉が寄っていた。助けに……来てくれたんだ。

「翔央様……どうしたんです？」

「どうしたじゃない！　なんで、すぐに逃げない上に、関汐に声をかけようとしているんだ、お前は！」

安心したのも束の間、翔央の厳しい声に、蓮珠はみぞおちあたりの臓腑を掴まれたような気持ちになる。後宮に入るために着てきたらしい皇帝の衣装のせいもあり、まるで皇帝本人に叱責されているようだ。

「そ、それは、関汐殿が春華殿の遺体を持ち去ったのは妹だからなんですけど、范昭様にとっても大事な証拠で……」

蓮珠は事情を説明しようとするが、慌てすぎていて要領を得ず、翔央はますます眉を寄せた。

「それはつまりどういうことだ？」

言って首を傾げた翔央の後ろに、蓮珠は影を見た。

人の形をしたそれは、手にした剣を高々と掲げている。

危ないという言葉が出ない代わりにとっさに手が動いたが、縛られたままのため、翔央の衣には届かない。

「こういうことにございますよ」

范昭の声と共に、翔央に剣が振り下ろされた。

第七章

閉塞成冬

「そらさむくふゆとなる」

剣が石床を叩く音が、ごく至近で聞こえた。

翔央が蓮珠ごと横に飛び、間一髪のところで一刀両断を免れたようだ。

「……お前のわかりやすい表情のおかげで動けたぞ、蓮珠。礼を言う」

翔央が蓮珠の耳元で呟いた。

安堵と同時に蓮珠の喉も声を取り戻す。

「范昭様、し……主上になんてことを！」

だが、蓮珠の非難にも、范昭は鼻を鳴らすだけだった。ゆっくりと剣を持ち上げると、再び構える。

「范昭……。誰を相手に剣を構えている？」

翔央が蓮珠を背に庇い、皇帝として范昭に対峙した。

だが、范昭は目の前の人物は皇帝ではないと確信しているようだ。

「ふっ。……引き籠もりの皇子と呼ばれていた方とは思えぬ動きをなさいますな」

「お前はあのような護衛を八人も従えて、何から己を守ろうとしている？」

叡明の口調は崩していない。それでも范昭は、跪礼はおろか、剣を下ろすことさえもしようとしない。

「逆に問おう。常に主上の傍らにおられる後宮警護隊の長の姿がないようですが？」

やはり、范昭も身代わりの件を知っているのだ。持ち去った文書をろくに読んでないようなことを言っていたが、小説の類はともかく手紙の類には目を通していたのかもしれない。

「偽るのであれば、周辺の者も含めて用意すべきでしたな。主上を偽るとは、なんと恐れ多いこと。……この場で処断するもやむなし」

再び范昭が手にした剣を振り上げる。

蓮珠はとっさに翔央の前に出た。

「蓮珠、なにを……！」

「し……翔央様は、こんなところで死ぬようなことがあってはならない方です。これからのこの国には……あなたが必要なのですから……」

今上帝の即位から約二年半。威との戦争も終わり、外交は落ち着きつつあるが、国政は改革の最中にあり、叡明の玉座が安定しているとは言い難い。叡明の左右には、その政の支えとして、冬来と李洸がいる。

だが、叡明は頭が良すぎて気遣いなしに道を突き進もうとする。だから、この国の真の平和のためには、叡明の足を、周囲との歩調のズレを指摘して立ち止まらせる、翔央のような人物が必要だ。

蓮珠の口も理性も、官吏の思考で言葉を紡ぐ。でも、翔央に死んでほしくないのは、それだけではなかった。

「嘘です……いえ、嘘じゃないけど……すべてじゃない」

この国は、たくさんのものを蓮珠から奪ってきた。個人が抗うにはあまりにも強く理不尽な力で、国は民から強引にすべてを奪い取っていく。

そしていつかは、この手で縋りついている絆からも切り離される。そのことを、心のどこかで諦め、いつの間にか受け入れてしまっていた。

なのに、今蓮珠を突き動すのは、諦めも受け入れも認めない、もっと単純で簡潔で、身勝手で、激しく御しがたい感情だ。

「……わたしにあなたが必要だから。……あなたが死ぬのは嫌……」

「何を言う？　……俺にだってお前は必要だ」

翔央の手が蓮珠の身体を背後から抱きしめた。

「勝手に俺を守って終わろうとするな。……そんな自己満足、俺は許さない」

「ふん、ならば二人まとめて消えてもらうまで！」

蓮珠と翔央のやりとりに鼻白んだ范昭が、今一度剣を高く掲げた。

「……いや、消えるのは貴様のほうだ、范昭！」

翔央がまっすぐに指差し、視線を院子へと誘導する。つられて、范昭の目もそちらへと向けられた。

そこには、白錦の武官服をまとった一団が居た。そのまま勢い良くなだれ込んでくる。

「後宮警護隊である！　剣を置き、その場に膝をつくように！」

冬来の声が院子に響く。

気づけば、あれほどいた皇城司姿の男たちが見当たらない。よくよく見れば、ひとりその場に立つ関汐の足元に、男たちが倒れていた。遠目に見てもわかる、皆絶命している。

その関汐を、複数の後宮警護官が囲んでいた。

「噂の白錦か……」

関汐が苦笑いを浮かべて、手にしていた剣を石畳に放る。

後宮警護隊は、その名の通り後宮での警備に特化した部隊で、その活動範囲故に、女性武官だけで構成されている。とはいえ、彼女たちは正式な武官であり、武挙を優秀な成績で通ってきた精鋭だ。その上、日ごろから冬来に鍛えられている。さすがの関汐も分が悪いと察したようだ。

院子の制圧を確認し、小柄な冬来が大股でこちらへと歩み寄る。全身から立ち昇る鬼気のようなものに、振り上げたままだった范昭の手も降ろされた。

「范昭殿、男子禁制の後宮にこれだけの皇城司を入れるとは、いかなることか？　ご説明いただこう！」

第一声の気迫に怯みながらも、范昭は翔央と蓮珠のほうへと視線を向ける。

「しょ、小官は皇城で出た不審者を追跡していただけのこと。皇城司の役目とあらば、許される話。こちらの方こそ咎められるべきだ。たとえ皇族といえども後宮の奥に入ることは許されていないはず！　まして、主上を偽るなどあってはならぬ行為！」

范昭は取り乱しながらわめく。確かに、男の身での後宮侵入は皇族であっても大罪、厳罰は免れない。

「翔央殿は、わたくしと共にここまで来たのです。皇妃の親兄弟であれば、皇妃と共に後宮内に入ることが可能でございましょう？」

蓋頭を被り、豪華な衣装に身を包んだ女性が輿(こし)を降りた。衣に入った花紋は牡丹(ぼたん)。この花紋を許されているのは、皇后のみである。

冬来がいるのになぜ威皇后がいるのか、一瞬驚いた蓮珠だが、注意深く声を聞けば、皇后に似せてはいるものの、その声が蓮珠のよく知る女性、呉淑香(ごしゅくか)のものだと気づく。

「そこの女官もわたくしの命にて、わたくしの衣をまとわせていた者。それをこの後宮で、わたくしの許しもなく処断しようとは、いかなる権限によるものか？」

蓮珠は、冬来を見て一つうなずくと、すぐさまその場で跪礼した。

「威皇后様、白鷺宮様の御前である、陶蓮殿に倣い、礼を尽くせ」

冬来の凛とした声に、場の者たちも次々と跪礼の姿勢をとる。

冬来自身もその場で跪礼すると、まっすぐに顔を上げて翔央に報告した。

「白鷺宮様。范才人様とその侍女殿のご遺体は、先ほど倉庫にて発見されました。こちらの手の者に運ばせております」

「よくやってくれた。この再調査は主上からの勅命である。……二人の遺体は引き離すことなく、どちらも丁寧に扱うように申し伝えよ」

「承りました」

冬来が再び頭を下げると、後宮警護隊に取り押さえられた范昭が悔しそうに呻いた。

「く……明霞もあの娘の骸も、まとめてこのボロ宮ごと焼いておけば……」

皇城内に火をつけようなど、とんでもないことを言う。あまりのことに蓮珠は咎める言葉すら出てこなかった。だが、范昭を断罪しようとする者が秋宮の門から近づいてきた。

「……父上、それが本心なのですね。姉様の亡骸を政争の道具にされぬよう、范家で手厚く葬る。そのために、わたくしをすぐに入宮させたいとおっしゃったのに！」

声の主は小椿だった。

「小椿殿が、どうしてここに？」

驚く蓮珠の前に翔央が跪いて、手首の縄を解いてくれた。

「小椿殿が、父親が後宮内で怪しい動きをしているようだと後宮警護隊に知らせてくれたんだ。おかげでお前を助けることができた」

より詳しく聞くと、范言が奇花宮の小椿の元を訪ねてきて、范昭も後宮に来ているはずだがどこにいるのかと聞いてきたそうだ。自分の元には来ていないことを怪しんだ小椿は、父親探しを頼むために後宮警護隊に駆け込んだという経緯らしい。

「後宮警護隊から壁華殿にいた冬来殿に報告が来た。ちょうど范昭に示された潜伏場所に向から打ち合わせ中だったので、俺も居たわけだ。もう少し遅ければ范昭の偽情報に踊らされて、危うく間に合わないところだった」

それでそのまま壁華殿から後宮へ駆けつけたのだという。

「呉氏には後宮内で潜伏先になりそうな場所を聞くために声をかけたんだが、俺がここまで入るために、思わぬ方向でも協力いただくことになった」

「小椿殿……」

その淑香は、涙する小椿を支えていた。

「父上……、あの日、姉様たちに一体何が……？」

泣きながら問う小椿に、范昭は苦々しい顔で応じた。

「……何も知らん。明霞は自ら命を絶った。行部に渡した遺書がすべてだ」

「それで誤魔化しているつもりか、范昭。……あの日、あんたが後宮を訪ねたことは、後宮の記録に残っていた。何をしていた？　そして、どうなった？」

范昭と同様に後宮警護隊に取り押さえられた関汐が、激しい口調で問いただす。これに反論しようと范昭は一度は口を開いたが、そのまま言葉を飲み込んだ。見開く目の先には、学者姿の男が一人立っていた。

「主上！」

「やめておけ、関汐とやら。范昭は本当に范才人の死については何も知らない」

後宮に堂々と入ってきて、こんな物言いができる者は、この世に一人しかいない。

叫んだ蓮珠を一瞥し、叡明は場の全員に対して話を始めた。

「遅くなった。例の『范才人の遺書』なる文章をどこかで目にしたことがあったような気がして、書庫をひっくり返していたんだ。……見つけてきたぞ、この本の中にまったく同じ文章が書かれている。あれは遺書ではない、物語の一部を写本したものだ。姉の……威に嫁いだ蟠桃(ばんとう)公主に翻訳を頼まれた本の中にあった。残念だったな、范昭よ。范才人の筆によるあらゆる文書をかき集めて、ひっくり返し、ようやく見つけた遺書として使えそうな文章だったのだろうが——もうこれは自害の確たる証拠とは言えなくなった」

そう言って見せられた本は、名を聞いたことがある作品だった。蓮珠も読んだような気がするが、その中の文章まで覚えていない。小説にそれほど興味はないだろうに、書かれている文章まで覚えている。郭叡明という人は、そういう人間なのだと、蓮珠は凡人である自分との違いについて、諦めに似た気持ちで受け止める。

「本人の字だからと言って、本人の文章だとは限らないということだな」

叡明は開いた本を近くにいた淑香に手渡す。

淑香は「自作ではありませんでしたか……」と言いながら文章を確認し、蓮珠にも回してくれた。

「ですが……これが遺書ではないとしたら、いったい誰が范才人を？」

その場の視線は自然と范昭に集まったが、それを叡明が否定した。

「いや、范才人は自害で間違いない。だが、突発的な出来事だったから、遺書がなかっただけだ。それに范昭の当初の予定では、これは、侍女の遺体の近くに置いておくはずだった。侍女なら筆跡まで調べられることもないから、それらしく見えるものなら、なんでもいいと思ったんだ」

叡明は常と変わらぬ冷たい声で断言すると、取り押さえられ跪く関汐の前に立った。

「范才人が恐れていたのは、父親の罪が露見し、使用人も含めた范家全体が処罰を受ける事態になることだった。そうなれば、侍女と引き離されてしまうかもしれないと恐れたからだ。だから、范家そのものを守るために、自分の父親の罪を内々に処理することを考えた。だが、死が范才人から侍女を引き離した。……故に、彼女は自らの命を絶つことにしたというわけだ。お前には、それでわかるのではないか？」

范才人が自害に至るまでを聞かされても、関汐はまだ納得のいかない表情をしていた。

「一つだけ。明霞は……自分の身に何かあった時は、そこの文書を行部官吏の陶蓮に渡すように言っていた。そのことの意味が、主上にはおわかりになるのか？」

関汐は、床に散らばってしまった范才人の小説を視線で示しながら皇帝に問う。問われた叡明は、落ちた紙を拾うと、少し眉を寄せた。

「……なるほど、わかった。この形であれば、余には真意が伝わると考えたのだろうな。良い手を思いついたものだ」

わずかな時間だった。蓮珠が何度か読み直しながら、范才人が小説に隠した秘密を見つけたのに、叡明は紙一枚を一瞥しただけで、しかも蓮珠のような特技がないのに、范才人の真意にたどり着くことができるなんて……。

「なぜ、直接主上に渡さず、小官に託そうとなさったのでしょうか……？」

自分が介在する意味などなかったのではないか。蓮珠のそんな自虐を含んだ疑問に、冬来が一つの可能性を提示する。

「陶蓮殿なら、文書を確実に主上に渡してくれると思ったからでは？　関汐殿が主上に直接文書を渡すことは容易ではありませんし、皇妃である彼女自身にしても、主上に直接文書を渡すことは、お渡りがない限り無理です。でも、官吏である陶蓮殿であれば、主上に奏上することもできますから。独自の情報網を持つと聞く范家の范才人ならば、立后式の直前、わずかな期間皇妃になった女官が本当は官吏であることも、その官吏が主上と直接言葉を交わせることも耳にできたのでしょう」

冬来は、話しながら剣を鞘に納めた。そして、叡明と同じように床に落ちた文書を拾い上げると、目を通す。

「威公主が主催する威宮の読書会に参加していた范才人は、陶蓮殿がたびたび小説を届けに威宮を訪れることも知っていた。あとは、いかにして文書を託すかが問題だったでしょうが、元々小説が好きだった彼女は、威公主が有志で小説を書こうと言い出した時に、これを利用しようと考えたのだと思われます。主上のお考えは？」

冬来は読み終えた文書を叡明に差し出して確認した。

「わざわざ小説という回りくどい形にしなければならなかったのは、すでに一度失敗したからではないかと余は思っている。もっとわかりやすく書かれた告発文書は、余に渡る前に発見されてしまった。一度見つかってしまった以上、范才人も警戒されていることはわかっていた。……そのため、発見されても、父親の目を誤魔化せる形にしたのではないか？」

叡明は取り押さえられている范昭の前に立つと、その眼前に冬来から受け取った范才人の文書を突き付けた。

「お前は、娘の宮を訪れた際に、侍女がなにやら文書を運んでいるのを見た。告発の企てを警戒するお前は、侍女を呼び留めて文書を確認した。一、二枚読んで、それが娘の書いた小説だとわかり、おそらくその場で話は終わるはずだった。でも、小説の紙束の間に告発文を潜ませているかもしれないと思ったお前は、念のため全部目を通そうと考える。そして、侍女から文書を取り上げようとした。だが、侍女は主である范才人の許可なく渡せないと拒む。ますます怪しんだお前は、娘の書斎にある文書をさんざん調べたが、それらしきものは見つからなかった。そこでお前は、侍女から何としても告発文の在り処を聞き出そうとした末に……手持ちの薬を無理やり飲ませ、分量を誤り彼女を死なせてしまった」

蓮珠は翔央と顔を見合わせた。死なせてしまった……ということは、春華の死は事故といた。

蓮珠が関汐に話した予想より、ずいぶん斜め上の話だ。これには、関汐も目を見開いていた。

だが、さらに続く叡明の話に、蓮珠はまた目を見開くことになる。

「焦っただろう？　自分が後宮に来ていることは、後宮管理側の宦官によって記録されているのだから。自分が疑われると思ったお前は、皇妃から実家への下賜の品を運ぶフリをして、侍女の遺体と共に疑わしいと思う大量の文書を箱に入れて後宮から持ち出した。そして、皇城司で鍵を管理していた鶯鳴宮に遺体を置いたんだ。……取り壊し前の確認に来る行部の者に発見させ、呼ばれてきたところで遺体を発見したことにすればいい。閉ざされた宮で後宮の侍女が遺体で発見されても、それほど詳しく調べるような事件にはならないことは、皇城司である自分自身がよく知っていることだったから」

行部の前で解錠すれば、それまで宮は閉まっていたと彼らが証言してくれる。施錠されていた鶯鳴宮に何者かが侵入していたらしいという話になれば、行部の後に宮に入った范昭が疑われることもない。まして、この件を皇城司で調べるのであれば、范昭の都合のいいように処分を決めることも可能だ。

「……やはり、范昭様は、我々行部を発見者として利用するおつもりだったのですね」

蓮珠が眉を寄せるも、叡明は、軽く肯定するだけだった。

「そういうことだな。かくして、計画通りにことは進み、遺体を発見した行部に呼ばれて、范昭は現場に駆けつける。——だが、そこには、娘の侍女の遺体だけでなく、娘の遺体までもがあった」

ふっ……と小さく笑ったかと思うと、范昭は高笑いした。

「まるで見ていたようにおっしゃる！　それとも、我が兄と娘がそうであるように、主上も人の心の内が見える力をお持ちなのか？」

それは、兄と娘への嫌悪を隠さぬばかりか、あろうことか皇帝である叡明に対してさえも、彼らの同類として憎しみを抱いているような言い方だった。やはり、あの日の范昭の「なんてことを」というのは、子の死を嘆く親の言葉でなく、「なんてことをしてくれたんだ」という意味の言葉だったようだ。

「そんな力は持ち合わせていない。あるのは、個別の事象に見えるその裏側にある関連性を見出す力であって、単なる思考の結果だ。それは、おそらく范言や……范才人も同じだろうね。だから、彼女は、侍女の姿が見えないことと、会っていないはずの父が実家への下賜の箱を運んでいくことの、その裏の関連に気づいた。彼女は父親の後を追い、鶯鳴宮にたどり着いて……」

叡明は、そこで言葉を区切った。そのあとを引き継ぐように、小椿が呟く。

「……姉様は……そこで春華殿のご遺体をご覧になって……、自ら……」

両手で顔を覆う小椿と違い、范昭はうわ言のように別のことを呟いていた。

「あれが……思考の結果……だと？　あの何もかも見透かしたような目が？　あの、薄気味悪い兄と同じ目をしていたのに？　神力を得たわけでもなかったなら、明霞は、どこからわたしのしていたことに気づいたと……」

范昭の言葉に、叡明が不快そうに口を歪める。

「なるほど、范家の先代が范言を家長にするわけだ。……いかに独自の情報網を持っていても、情報の使い方がわからない者には、家を継がせるわけにいかない。余が范家の先代でもお前に家は任せられないな。……ましてや、容易く手持ちの情報を他国へ流してしまうような者などには、な。連れていけ……」

さっさと視界から追い出せとばかりに、叡明が片手をヒラヒラさせる。

主命に従い冬来が部下たちに范昭を連れて行くように指示を出す。だが、范昭は後宮警護官の手を振りほどくと、一切の拘束を断り、自分の足で歩きだす。

「触れるな、女の手で運ばれるなど名折れだ。自分で歩く、今更逃げぬ」

その場に居た者は、それぞれに言いたいこともあったが、視線を見合わせるだけで范昭を放置する。

逆に取り押さえられても抗わなかった関汐は、後宮警護官によって手首を鎖で拘束されているところだった。

范昭がその間近を通り過ぎようとするのを、関汐が嘲笑った。

「やはり、あんたが春華を殺したんだな？　……明霞は主上だけに訴えて、あんたのしていることを内々の処理で済まそうとしていたが、これだけの人数に知られては、罪の逃れようもない……ざまあみろ！」

「なんだ、その言い方は？　范家の犬の分際で！　紫衣の女官吏を攫ったお前に比べれば、たかだか侍女を死なせたくらい、大した罪にもならんわ！」

范昭が関汐の胸倉を掴んだ。

関汐は范昭を睨みながら、口だけ笑みを浮かべる。

「……范昭、この瞬間を待っていたぞ」

一瞬の出来事だった。両手を拘束されている関汐が、右足を蹴り上げた。その沓(くつ)の踵が范昭の首を抉(えぐ)る。院子の石畳に范昭が倒れ、少し遅れて血飛沫(ちしぶき)が舞った。

「范昭……！」

翔央が叫び、蓮珠から離れて駆けだした。

冬来はすぐさま叡明の前に出て、関汐の次の動きに備えて剣を構える。

後宮警護官たちも関汐を再び囲むが、足元に倒れた范昭を見下ろす関汐の目は、何も感じていないように虚ろだった。

駆けつけた翔央が范昭の体を確かめるが、すぐに首を振った。

「……ダメだ。すでに絶命している。見たところ、首を刃物で切り裂いたか。関汐、その沓は暗器が仕込まれていたのか。……他は？」

翔央が顔を上げ、関汐に問う。

「……」

答えない関汐の首元に、冬来が剣の切っ先を寄せる。

「ご安心を。………もう誰かに危害を加えるつもりはございません。お二人は、まっすぐでいらっしゃる。うらやましい限りです」

関汐の顔には表情が戻り、悲しげに笑っていた。

「関汐殿、なんてことを……。これでは春華殿に使われた毒がわかっても、詰問すべき相手がいないではないですか。それだけではなく、范才人様の残した文書の真相をたどることが不可能に……」

翔央の後を追って范昭の倒れているところまで来た蓮珠は、その遺体を見下ろし呆然と呟いた。

「これでいいんだ、陶蓮殿。春華のためでも、明霞のためでも、まして、范家のためでもない。……これは俺が、俺のためにしたことだ。俺の大切なやつらは逝っちまったのに、この男が生きているのは耐え難いと、そう思ったから」

ずっと妹のために范家に仕えてきたと言っていた。范才人との約束のために動いていたとも言っていた。その人が、初めて自分のために自分で決めたことが、こんな……。

「とにかく、一緒に来ていただこう。話は別の場所で……」

冬来が下ろそうとした剣を、関汐が両手を戒める鎖ごと握った。

「どこに行くと？　もう妹はいない。すべてを分かちあえた友人もいない。この男の死を見届けた今、俺が生きる場所など、この地上のどこにもない……！」

冬来が剣を手放し、後方に飛んで叡明を背に庇う。翔央は蓮珠の腕を引き、自分の腕の中に抱き込んで、石畳を転がる。

「主上をお守りしろ！」

周囲の人々の悲鳴や怒号が飛び交う中で、蓮珠だけが叫んでいた。関汐のその目が、虚ろなそれでなく、共に酒を飲んだ時のままだったから。

「翔央様、止めて！」

関汐が冬来の剣を自らの首にあて、力任せに引いた。

叡明を庇った冬来が、蓮珠を抱き込んだ翔央が、皇帝を守るために駆け寄ろうとしていた人々が、首から血を噴き上げる関汐を呆然と見つめる。

「……俺もあんたらのように、守りたい者のためだけに、生きることができたなら……」

様々な視線を受けて呟くその身体が、膝から崩れ落ちた。

「関汐殿！」

蓮珠は関汐に駆け寄り、跪いた。鎖に縛られたその両手を握る。流れ出す血と青味を増す関汐の顔。その対比は蓮珠に、范才人の最期を思い出させた。

自分のこの手は、一体何度死に逝く人を見送れば、血濡れることから解放されるのだろうか。

そんな蓮珠の暗い想いを悟ってか、関汐の手が蓮珠の手から抜け、その頬に触れた。

「……すまない、陶蓮殿。明霞はあんたを通じて主上に文書を渡すことにこだわった。同じように大きな秘密を隠しているあんたなら、あいつが隠した秘密に気づくだろうと、楽しげに笑っていたよ。あんたなら、この国のために、最良の形で主上に渡してくれると信じているから、託すのだとも。なのに、俺の身勝手のせいで、こんな形になってしまった」

そうだった。蓮珠は自分の頬に触れる関汐の手に自分の手を重ね、思い出す。蓮珠には、逝った人たち、それぞれから託されたものがある。こうして見送った人々の思いを、わたしは忘れない。官吏として、そして一人の人間として、必ず次の相国の民に繋げてみせる。

「そんなこと……謝らないでください！」

関汐は力ない苦笑いを浮かべた。

「身勝手ついでに言っておく、あんたももっと身勝手になれ。なにもかも選べなくなるその前に、自分ために自分の道を決めろ」

自分のために、という言葉が蓮珠の胸の奥底に重く落ちていく。

「玉香、お前もだ。もう、明霞はいない。俺たち兄妹も、どちらもいなくなる。俺たちは皆、一番小さいお前が可愛くて大切で、ただただ甘やかした。けど、これからは一人だ。その代わり、お前たち姉妹を縛ってきた范昭もいなくなった。……だから、自分の道を生きろ」

淑香に支えられながら、近くまで歩み寄っていた小椿は、目からとめどなく涙を流し、まばたきひとつせず死に逝く関汐を見つめている。

「そんな顔して泣くなよ。お前に泣かれると、俺は昔から、どうすればいいのか、わからなくなるんだ………悪いな、あんなやつでも、お前の父親だったのに」

関汐の言葉に小椿はイヤイヤするように小さく首を振った。

関汐は咳きこみ、もう見えてはいないだろう目で、天に居らっしゃるであろう誰かに対して言った。

「俺の妹と、友を……頼みます」

それが、後宮への侵入者関汐の、記録に残されることはない最期の言葉だった。


冬来指示の下、後宮警護官たちの手で、秋宮からいくつもの遺体が運ばれていく。それを見送ってから、蓮珠は改めて叩頭し、そのままの体勢で叡明に尋ねた。

「行部の官吏としてお尋ねいたします。范才人様のご葬儀は、どのように？」

この場には、叡明、冬来、翔央、淑香、小椿と蓮珠だけが残されていた。

叡明はいつものように「顔を上げろ」とは言わなかった。臣下の質問に、皇帝として答えた。

「朝議では、范昭は後宮への侵入者の手で死亡。侵入者もその場で死亡として、事件の詳細は語らないことにする。したがって、事件の真相は不明。……范才人と侍女は一連の事件に巻き込まれて亡くなったという扱いにする」

蓮珠は、それが意味するところを読み取り、涙が出そうになった。

国として認められる范才人の死因は自害のみ。その道理を曲げてでも、亡き人々の想いを大切にする。皇帝は言外にそう伝えていた。

「自害ではないとなれば、葬儀は……」

「皇妃として送る。行部には皇妃葬礼の準備をしてもらうよ。また、皇妃として送る以上、范家から後宮に二人目は入れさせない。小椿は皇妃にも宮妃にもならなくていいからね」

涙ぐむ蓮珠、小椿とは逆に、叡明の声はあくまでも冷静だ。

「まあ、どうせ終わった事件に、朝議の連中は興味などないだろうから、こちらの都合いいように処理させてもらうとしよう」

いつもどおりの冷たい声。だが、突き放しているわけではない。ここから先のことは、最上位に立つ叡明に任せていいということだ。

何をどこまで明らかにし、どこを隠して一連の騒ぎを終わらせるか。范昭とつながっていた他国も絡む重い選択。そのすべてを皇帝の判断に委ねる。この状況こそが、きっと范才人が望んでいたものだろう。

これで、本当に自分は范才人に託されたものを正しく皇帝の手に引き継げた。その安堵に、蓮珠は秋宮の院子の石畳を小さく濡らした。

第八章

乃東生

「なつかれくさしょうず」

翌日の朝議では、叡明が言っていたように表面上の事実だけが報告された。

皇城司の長であった范昭が後宮への侵入者の手で死亡し、この侵入者も、駆けつけた後宮警護隊によって死亡した。事件の真相は不明だが、この侵入者が二人の遺体を持ち去ったことから、范才人と侍女は事件に巻き込まれて亡くなった可能性が高いとして、范才人の自害扱いを取り消した。

また、本件に関して、范昭による後宮侵入があったが、連れ立った部下もすべて失うほどの凶悪な侵入者に対しては、やむを得ないことだったとして、その罪は問わないこととした。これで范家そのものは、一切の罪を負わなくなる。

范家への処分が甘いのでは？　といった声も上がり、朝議は多少ざわついた。だが、才人の位が范家に埋められることなく一つ空席となったことで、強い発言権を持つ派閥の長たちからの反発は出なかった。朝議において、沈黙は賛同と等しい。多くの官僚の賛同を得て、朝議での本件の扱いは終了となった。

皇帝の下にあるとはいえ、相は官僚社会だ。朝議の決定こそが正義とされる。その有利も不利も理解している皇帝は、派閥の長たちが、より強く興味を惹かれる話題を口にした。

「さて、宮妃の件を報告するとしよう。……李洸」

叡明の合図で、李洸が勅書を開いた。朝議の場が静まり返る。

「皇妃、呉淑香。主上の名の下に飛燕宮妃の位を与えることとする」

范家の事件など、意識から消えてしまったように、朝堂の方々から声が上がった。

「お待ちください。……呉元大臣のご息女は妃位を返上されたはずでは？」

「そうです！ しかも、道姑（どうこ）におなりになったはず！」

宮妃が自分の派閥からの皇妃ではなかったこと以上に、『呉元大臣のご息女』が宮妃になったことが、彼らにとってはより大きな問題だった。

呉家は失脚したとはいえ、五大家の一つ。朝廷からは去ったが、太祖が付与された封土であることを憚（はばか）り、国への領地返却は免れている。そのため、呉家の所有する領地はすべて残っていた。

問題は、この領地である。麗彩（れいさい）高地を中心とする呉家の領地は、国内どころか大陸でも有数の茶葉の産地として知られ、一級文化国家である南方大国・華、最近では北方大国・威の貴族層も大金と引き換えに茶葉を買っている。まさに宝を生み出す土地なのだ。

元大臣の呉然（ごぜん）に直系の跡取りがいないため、呉家の封土は養女である呉淑香が引き継ぐことになる。つまり間接的ではあるが、宝を生み出す土地は呉淑香の夫のものになるのだ。

妃位を辞した若き道姑の還俗を企て、自らの後妻に据えようと狙っていた者は、一人や二人ではなかったようだ。朝堂内のざわめきは、収まる気配がない。

この見苦しい動揺を止めてくれるのは李洸か、それとも最年長丞相の杜奏か？　どちらでもいいから、この騒ぎを早く終わらせてほしい。宮妃の位を賜るため、淑香は朝堂の扉の前に待機しているはずだ。けっして居心地よくはないだろうから……と蓮珠が祈るように思っていると、思わぬ声が場に響いた。

「……お前たちは、誰の許しを得て、言葉を発しているんだ？」

この時の叡明の声は、常のような低くぼそぼそと発されるものとは違っていた。まるで、翔央が発するような、場にとどろく一喝であった。

この主上の問いかけに誰一人として応じられず、場は静まりかえった。

「妃位を返上したということは、無位になったということだ。妃位を辞しただけで皇妃のままなのだから、選ばれて宮妃として下賜される資格はある」

叡明の言葉に、小さく唸るような声が前のほうの列から聞こえてきたが、それでも朝堂内はほぼ沈黙した。呉淑香が飛燕宮妃となることを受け入れたということだ。

「飛燕宮妃なら……」

どこからか、そんなつぶやきが聞こえてきた。

そういうことだ。麗彩高地は惜しまれるが、飛燕宮の秀敬は帝位からは遠い。ある意味、誰がその宮妃になるのかは、そこまで大きな問題ではない……というのが、朝議の多数派の考えだと蓮珠も知っている。

だから、最後方にいる蓮珠も含め、朝議の場の誰もが、飛燕宮妃の次に続く決定事項が、李洸から告げられるのを待っていた。

だが、続いて朝堂に響いたのは、勅書を閉じる李洸の言葉だった。

「──以上」

思わず蓮珠は頭を上げた。だが、皆同じだったので咎める者もいない。朝議の場は、飛燕宮妃決定よりもざわつき、最前列のほうでは壇上に問いただす声まで上がった。

「これはどういうことですかな、主上！」

胡新の声が震えていた。

「白鷺宮様の宮妃にはどなたが……？」

聞き漏らしたとでも思ったのだろうか、羅靖は別の官僚と顔を見合わせている。

官吏たちの問う視線を一身に浴びた皇帝は、玉座から臣下を睥睨（へいげい）していた。

「お前たちは、ずいぶんと愚かだな。全相国民の一割どころか、一分（いちぶ）にも満たない精鋭であるというのに、こうなると予想していたのは、わずか数名とは情けない」

そう言われてよくよく見れば、上司である張折は顔を上げていなかった。他にも、数名ほど跪礼を崩していない者がいる。その中には、范家の長、范言の姿もあった。

「皇妃を宮妃として下賜する。それについては李洸に発表させただろう」

叡明の声が、再び場をざわつかせる。

「ですが、それでは……！」

誰かの叫びを撥ね飛ばすように、皇帝が告げた。

「……誰が、いつ、皇妃を二人も下賜すると言った？」

この瞬間に、やられたと思った者が何人もいただろう。ざわめきの中、息を飲む音がそこかしこから聞こえた。

「お前たちが余に散々迫ってきたのは、皇位継承者対策として、皇妃を宮妃として下賜することだ。それは、飛燕宮への下賜をもって応じた。……それで今回の件は終わりだ」

皇帝が終わりだと言ったのだから、これで終わりである。しかも、表向きは、朝議の提言にちゃんと応じているのである。

体裁が整えば、最初の思惑がどうであれ、それが正しいものとしてまかり通る。官僚社会というのは、お役所仕事の最たるものだから、これは正しく処理されたと受け止めねばならない。

「さて、別件だが……今回の件では、皇城および後宮への侵入者を阻止できなかった。この責任をとるべきは皇城司の長、范昭ではあるが、すでに故人だ。皇城警備体制は大幅な見直しを必要としている。そのため、後任の人選は派閥内での継承でなく、李洸に委ねることとする」

言われてみて、蓮珠はこの方法があったことを悟った。

今回の騒動では、確かに皇城の警備が問題視されて然るべきだ。皇城司の長である范昭が生きていたら引責辞任には追い込めるが、范家の者を後任に据える権限まで取り上げることは難しかったかもしれない。

だが、范昭自身が、侵入者の手に掛かって亡くなったことで、范家に責任を取らせることができる。それはつまり、范家から後任決定権を取り上げるということだ。これで、范昭と通じていた国は、相から情報を引き出す伝手を確実に一つ失うことになる。

このことは、范家の勢力を削ぐだろうが、決定的に奪うことにはならない。新興派閥の范家は存続する。范才人が望んだとおりに。

叡明は決して冷血な皇帝ではない。范才人の遺志を最大限に汲んでいるのだ。

そして、それは皇帝だけではなく、皇帝より一段下の斜め後ろに置かれた椅子に座る人も同じだった。

皇帝の言葉を継いで、威皇后の声が朝堂に響き渡る。

「皇后であるわたくしには、後宮の妃嬪すべてを姉妹として守る義務がある。以後、後宮内の秩序はわたくしが取り仕切ることとします。後宮の平穏を乱す者は、誰であろうと次はありません」

その鋭い声に蓮珠の背筋が跳ねるように伸びた。ほかの官僚たちも、蓮珠と同様に背を正して固まる。皇后の威厳とは、こういうところに出る。蓮珠が身代わりをしていたら、こうはなるまい。

威皇后のお言葉が終わると、静けさが朝議の場を満たした。その中で皇帝が声をかけ、朝堂の扉を開けさせる。

蓮珠のさらに後方で開いた朝堂の扉の向こうから、燕の鳥紋が刺繍がたおやかな飛燕宮妃の衣装をまとった淑香が、優雅な足取りで入ってくる。

「呉氏、……いや、飛燕宮妃よ。余の望みはわかるな？」

御前に跪礼した淑香が、堂々たる声で応じる。

「もちろんにございます。私は妃位にて主上にお仕えいたしました。主上のお考えはよくよく理解しております」

宮妃といえども、その主は皇族の最高位にいる皇帝である。そのことをわきまえていることを示す、完璧な返答だった。とはいえ、それで終わらないのも、呉淑香という女性の魅力だ。

「最初のお仕事は、范才人の葬儀を仕切ることにございますね」

彼女は、この城に戻った当初の目的を達したのだ。

「それでいい。……朝議はここまでだ。解散」

大きな銅鑼の音が響き、皇帝と皇后が朝議の場を出ていく。この音が鳴りやむまで臣下は姿勢を正したまま顔を上げない。お二人が去った後は、最前列、つまり高位の官吏から順に出ていく。最後尾の蓮珠が顔を上げた時、もう前には誰もいなかった。

「新たな行事が入った。また忙しくなるな」

同じく最後に顔を上げる黎令が呟く。

「我々に仕事があるということは、国家行事を行なう余裕がこの国にあるということでもあるわけです。わたしは悪いことだとは思いません」

冠婚葬祭は人の生涯に寄り添う区切りだ。だが、戦争が行なわれていると、それら人生の区切りさえも機会を失う。

蓮珠は、両親と兄の葬儀は行なえなかった。官吏になってから見に行った故郷には、ただ邑の名を刻んだ石碑があっただけで、そこには家族の名はもちろん、知人や友人の名も刻まれてはいなかった。

「これからも亡くなられた方の安寧（あんねい）を祈れる国であればいいと、そう思います」

戦いのない国であれ。そう願う。それは、人として、人らしく生きていける国であってほしいという願いだ。

誰もいなくなった朝堂を振り返り、蓮珠は目を閉じた。

「でも、それは、あくまでも官吏陶蓮の願いだろう？　陶蓮珠の願いはなんだ？　それは、まだ選択できるのか？」

官吏としての決意を新たにした蓮珠の耳に、どこからか、関汐の声が聞こえた気がした。

冬至の大祭の直前、皇城にいくつかある祭祀殿の一つで、范才人の葬儀が行なわれた。この日は特別に、亡き人を見送りに皇妃たちも後宮を出て皇城側に来ている。

この葬儀に蓮珠は、行部の官吏として参加していた。

「飛燕宮様、宮妃様。お忙しいところ、葬儀の準備にお力添えいただき、ありがとうございました」

葬儀参列のための衣装に身を包んでいるが、秀敬も淑香も亡き人の不在を寂しく感じている雰囲気は漂っているものの、満足そうに微笑んでいた。

「行部の方々にこそ感謝しているよ。冬至の大祭を控えて多忙であったところを、我々の大切な友人をこのようにきちんと送らせてくれたのだから」

秀敬は言って、淑香のほうを見る。その優しい眼差しに、そもそも范才人の葬儀を皇妃相当でと行部にまで訴えに来たのは、淑香の気持ちを考えてのものだったのかもしれないと蓮珠は思った。

「行部にもですが、貴女個人にも感謝しています。こうして、彼女を……いえ、彼女たちを見送ることができたのは、間違いなく貴女のおかげです」

「もったいないお言葉です。張尚書が参りましたので、小官は下がらせていただきます」

張折の先導で、参列者への挨拶に向かうことになる秀敬と淑香に、蓮珠は跪礼した。短くも二人と言葉を交わせたことをうれしく思っていた蓮珠の肩に、淑香の手がそっと触れる。

「この場で言うのは、礼儀に反したことかもしれないけど、これからは立場上、なかなか話すこともできなくなるだろうから、言わせて」

そこまでで言葉を止めると、淑香は少し屈んで、蓮珠の耳元でささやいた。

「……わたくしの婚礼の儀に、いらしてくださいね。貴女には、ぜひ見ていてほしいから」

「……小官では祝宴に参加するには、官位が二刻み足りませんので」

蓮珠は感謝と謝罪の両方の意を込めて、深く頭を下げた。

祝宴は上級官吏の中でも最上級官吏にしか出られない。行部の長である張折さえも祝宴参加の権限がないのだ。上級官吏としては下っ端でしかない蓮珠になど出られるわけもない。美しい衣装に身を包む淑香を見られないのは残念だが、これぱかりはしょうがない。

「そんなことは、気にしなくていいの。……きっと、誰も来ない宴になるだろうから」

蓮珠が驚いて淑香の顔を見返すと、彼女は寂し気に微笑んでいた。

「あろうことか主上を害そうと企てて失脚した大臣の娘だもの。誰にも祝ってもらえないことくらい、自分が一番わかっているもの」

そんなこと、と蓮珠が否定するよりも早く、秀敬が淑香に首を振る。

「そんな悲しいことを言わないでくれ。貴女以上に飛燕宮妃に相応しい女性なんていない。私は最初から貴女以外の女性を宮妃に迎えるつもりはなかった。……生涯に一つの兄のわがままを、主上が認めてくださって本当に良かった」

蓮珠はハッとした。威宮で聞いた噂。『宮様にはすでに宮妃と決めた方がいる。でも、そのお相手というのが本来なら宮妃になれるような女性ではない』というもの。

「……あれは、呉氏様のことを」

後宮の外の者で、でも、かつて一目置かれる存在だったため、いまでも皇妃たちと交流があり、近づくこともできた人。

言われれば、確かにその条件に合う人物は淑香をおいてない。

「その……主上は、すぐにお許しくださったのですか？」

「道姑から宮妃に還俗させるのに半年かかった。……何年でも待つつもりでいたから、私としては、すぐに許していただけたと言いたいかな」

秀敬が淑香の肩に手を乗せ、そっと引き寄せる。

慰める微笑みと応じる微笑み。互いを支えに寄り添うその姿は、言い伝えに聞く比翼の鳥のようだった。

「……お二人が一緒にいるお姿をご覧になったら、主上とてお許しになるよりないと思いますよ。詩情のない我が身が恥ずかしくなる言葉ですが、とてもお似合いです」

蓮珠が言うと、淑香が顔を両手で覆った。

「……こういう場で、自分のために泣くなんていけないことなのに……」

他の参列者に泣き顔を見られまいと、淑香は必死に顔を隠す。

「そんなことはないです。むしろ、西王母様の元に向かう范才人様にも聞こえるくらいに泣きましょう。……そのほうが、きっと范才人様も、呉氏様はもう大丈夫だと安心すると思いますよ」

蓮珠は、淑香の手に自分の手を重ね、包み込んだ。

「残された者は、いつだって生きていかなければならないのです。生きる日々の中でたくさん泣いて、たくさん笑って……、それがきっと、西王母様の元にいらっしゃる范才人様まで届く手紙になりますから」

蓮珠の言葉に顔を上げた淑香は、そのまま手を広げて蓮珠を抱きしめた。先ほどまでとは違う静かな嗚咽が、蓮珠の肩を小さく揺らす。

「ありがとう。……今、ようやくあの方のことで泣けたわ。自分だけが生きて、自分だけが幸せになるなんて、ずっとそう思ってしまって、ちゃんと泣けなくて……」

淑香の声は涙に掠れている。飛燕宮妃となった淑香に対して不敬かもしれないが、蓮珠は淑香の背にそっと手を回した。

秀敬が、蓮珠には届かない淑香の頭を髪型が崩れないように優しく撫でる。そして、この上なく愛しげな笑みを浮かべて、泣いている淑香を見つめながら、蓮珠に言った。

「……私からもお願いしたい。ぜひ私たちの婚礼の儀に来てほしい」

この二人がこれまで歩んできた道は、けっして平坦なものではなかっただろう。先帝の長子でありながら、皇位継承を放棄するに至った秀敬。養女でありながら大派閥呉家の未来を背負わされて生きてきた淑香。

幼きころよりお互いを一途に想い、でも、それぞれの立場から歩み寄ることを許されなかった二人は、今ようやく、同じ道を二人で寄り添って歩めるようになったのだ。

「こういう場で、行事を取り仕切る側にある者が、心のままを口にすることなんて許されることではありませんが……。お二人に祝辞を。おめでとうございます」

蓮珠は跪礼の姿勢から、さらに深く頭を下げた。


二人が場を離れてしばらくの間、蓮珠はある考えで頭がいっぱいになり動けなかった。

淑香は呉妃になるずっと以前から抱いていた想いを結実させた。

飛燕宮妃、という言葉の重みも、彼女であれば担っていけるだろう。

宮妃……その響きは蓮珠にはまだまだ遠く、重い。

「どうした、蓮珠？」

凍りついた蓮珠を溶かす優しい声が、耳から熱を注ぎ込む。

顔を上げると、警備兵の一人として葬儀の場にいる翔央が声をかけてきた。

実に数週間ぶりに顔を合わせた。蓮珠は范才人の葬儀準備で多忙であったし、翔央は皇城司の統括という皇族の義務からも、殿前司という武官としての職務からも、皇城警備の再編に奔走していた。

問われても、心の内そのままを翔央に答えることはできず、蓮珠は首を振った。

「なんでもありません。……お二人の仲睦まじい空気にあてられたようです」

「そのわりには、ひどく怖い顔をしているぞ」

「そこは……この後の、例の件が上手くいくのかが心配なだけですよ」

蓮珠は翔央の視線を避けるように会場の中央へ向かいながら答えた。

「大丈夫ではないか？　それこそ范才人の親友である飛燕宮妃が取り仕切るんだ。お前が望んだとおりになると思うぞ」

翔央が微笑む。しかし蓮珠は笑みを返せぬまま、小さくうなずいた。

范才人と侍女を一緒に送りたい。その願いは目の前で叶えられていく。

もう一つ、見えない場所での願いも叶っているといい。

同じ時間、宮城から少し離れた場所で、ある男の遺体も見送られていた。侵入者として葬られる男を本来の名で送ることはできないが、その遺体は、小椿の美しい字で詞が綴られた紙を抱いて、天へと還る。

皇妃でなくなった小椿は、皇城内で行なわれる范才人の葬儀には参列することができなかった。関汐に贈られたものと同じ詞の書かれた紙を、蓮珠は小椿から預かっている。紙銭と共に焼いてほしいと言われていた。

蓮珠の手にあるその紙には、四行二段の伝統的な形式の詞が書かれている。

春に遊び、夏に分かたれ、秋に再会するも、冬にして永遠の別れを得る
湖畔に傾く月を見て、時を惜しんだ日は遠く、冬枯れの地に、ただ一人佇む

「幼いころを共にした友人の死を悼む詞だな。なんとも切ない……」

手元を覗き見て、翔央が呟く。

范才人が幼い頃から関汐、春華の兄妹と親しくしていたように、小椿もまた兄妹とは幼馴染だったという。四人の中で一番年下だった小椿は、関汐の言葉どおり、可愛がられ、甘やかされて育ったそうだ。

彼女は、幼い時を共に過ごした者たちをことごとく失った。小椿にとって、後宮は花園ではなく、冬枯れの地だったのだ。


范才人の物語の終わりにも、四行二段の詞が書かれていた。

春に遊び、夏に分かたれ、秋に身を寄せ合い、冬にして永遠の契りを得る
湖畔に傾く月を見て、時を惜しんだ日は遠く、冬晴れの地に、いまは二人佇む

小椿の詞は、范才人の記したこの詞を模したものだったようだ。

物語をなぞるなら、幼い恋が、成長するに伴い身分によって分かたれた。だが、さらに時を重ねて身を寄せ合うようになり、冬に結ばれた。

范才人の書いた物語の主人公と、その想い人であった幼馴染の睦じい姿が目に浮かぶ。彼らは幼いころを懐かしみながら寄り添い、冬の冴えた空の下で互いへのあたたかな愛を胸に佇んでいた。

小椿も気づいただろうか。

范才人が詞の中で春に遊び、秋に身を寄せ合った相手は関汐ではない。物語の中、関汐を思わせる人物は、主人公の親友であり、その関係は恋ではなかった。この詞から想起される范才人の愛した相手は、もっと身近の、常に彼女とともに在った人物だ。

范才人と、その侍女春華――二人にとって、寵に偏りのある今上帝の後宮は、帝のお渡りに怯えることなく二人で穏やかに過ごせる楽園だったのではないだろうか。父親を告発してでも、引き離されたくない、このままでいたいと思うほどに。

思い出せば、初めの遭遇ですでに蓮珠は気づいていたのだ。二人が寄り添い歩く姿を、年若い夫婦のようだと思ったのだから。

蓮珠は墓石の前に置かれた大きな器の中に、手にしていた紙を投じた。

炎の中、紙が消えていく。思いの形を文字から煙に変えて、天へと昇っていく。

——どうか、愛しい人と二人で西王母の楽園に。

蓮珠の祈りも煙とともに天を昇っていく。どうか、西王母の元に届きますように。

「今日この日に、送られた誰もが安らかな眠りとともに西王母の元へ上がれますように」

蓮珠は願いを、この皇妃葬儀という行事を取り仕切る行部官吏として口にした。

耳にした誰もが、同じように思ってくれたなら、それは関汐のことも、皆で送ったことになるのではないか、そう思ったから。

それでも顔を上げた蓮珠は、朝議での争いとは無関係に集った参列者たちを見つめ、表情を硬くした。

「怖い顔をしているな、官吏殿」

翔央にすかさず突っこまれる。

「……これで、本当に終わりなのか、そのことが不安なだけです」

蓮珠は不安に眉を寄せたまま答えた。

範才人の文書は、叡明の手に委ねた。そこから、あの頭が良すぎる皇帝は、何を読み取り、いかなる判断を下すのだろうか。

「例えば、范昭様が通じていた国の者は、もう相国内にいないのでしょうか」

蓮珠は参列者を最後方から見つめ、その中に国に仇なす者が混じってないかを見極めようとしていた。

蓮珠の横に立っていた翔央が、ささやく声で言った。

「大丈夫だ。……范昭と通じている国がどこなのかはわかっている。李洸の手の者が中央の確認を済ませ、すでに地方の確認に向かっている」

「そ、それがどこの国かお聞きしても……？」

翔央が蓮珠の肩に頭を乗せるように傾け、ささやくよりも小さな声で言った。

「相国内で手先となる家を、朝議に出られる派閥にまで育ててあげる財力を持ち、今の相国の威国重視政策の外交を快く思っていないが故に動向を探らずにはいられない国なんて、この大陸上に一国しかない」

蓮珠はハッとして、翔央の横顔を見上げた。

「華……ですか」

この大陸の中央では、小国の小競り合いが続いているが、その四方を囲む大国は細かい国内事情を除けば、一応落ち着いている。それぞれ自国に隣接する国との国交を持ち、中央を挟んだ向かい合わせの国との国交は確立していない。

相国の両隣は、北方大国の威と南方大国の華。このうち華とは、五十年以上前に和平の盟約を結んでいる。その盟約の証として、一代につき一人は、互いの公主を後宮に入れてきた。

先帝時代は、双子の母后の朱皇太后と雲鶴宮の明賢の母后である小紅という二人の妃がいたので、華の相国内での発言力は強かった。

だが、先帝には公主が一人しかおらず、さらに双子の姉であるその蟠桃公主は威国との和平のために威国太子の一人に嫁いだ。

「さらに叡明が威国寄りであることを見て、内情を探りに来ていたのだろう。李洸の調べでは、范昭の護衛は全員相国の者ではなかった。おそらく全員が華の者だな」

たしかに、相国の今上帝は威から妃を迎え、しかも皇后に据えた。外交政策を威国寄りに切り替えたと、華は思うだろう。事実、今の相国内で華に親しい勢力の発言力は昔ほど強くない。

「それにしても、皇城内に間諜を放ってくるとは、やってくれるな、伯父上も」

翔央が忌々しそうに呟く。負の感情をあまり口に出さない彼には珍しいことだった。

大陸の南を治める華国は、その頂点に『華王』を立てている。高大帝国の正統な後継者を自称する華国では、高大帝国時代に現在の国領を収めることを許された家が、当時賜った名を今でも冠しているからだ。

現在の華王は、双子の母后の実兄にあたる人物だと聞く。

「先帝が威との停戦合意に至った時点で、華から色々と言ってきたと聞いている。叡明の代になってますます威国寄りなのがご不満なんだろう。……あとは……」

「ほかに何か……？」

翔央がため息をつく。

「華は代替わりした相に、再び公主を輿入れしようとしている。そのために相国後宮内の状況を見定めようとしていた、ということなのではないかと思う」

「范昭様が、范才人様が亡くなるとすぐに小椿殿を入宮させたのも、そのあたりの事情が絡んでいたということですか？」

「……その部分には、少し違和を感じている。小椿殿は入宮してすぐに、宮妃になる宣言をしたのだろう？　それでは、長期的に見て後宮事情を探ることはできない。范昭はともかく、范家の狙いが見えにくい。もしかすると、小椿殿の好きにさせていただけかも知れんがな」

参列者たちを遠目に見て眉を寄せる翔央に、蓮珠は提案した。

「わからないことは、聞いてみればいいのでは？」

蓮珠の視線の先には、紙銭を燃やし、下がってくる范言の姿があった。

「おまえ、そういうところで怖いもの知らずになるから不安になるんだよ」

翔央がため息交じりに言ったところに、范言自ら歩み寄ってきた。

やはりこちらの心を読んだか……などと蓮珠が思っていると、葬儀の取りまとめである行部官吏への挨拶だった。

「このたびは我が家がなにかとお手を煩わせました」

「いえ……」

蓮珠がチラッと翔央を窺うと、小さくうなずいて返される。

「范言様、少々こちらへ」

范言を案内する風を装い、蓮珠は誰からも話が聞こえないであろう会場の端まで下がった。

「陶蓮殿と、なにか話さねばならぬことがありましたか……？」

どう切り出そうかと蓮珠が思っていると、傍らの翔央が兜を取った。

「すまない、范言殿。これは俺の用件だ。文句は俺に言ってくれ」

「……これは……白鷺宮様。小官でお答えできるものでしたら、何なりと」

その場に跪礼した范言に立つように言ってから、翔央は疑問を口にした。

「なぜ范言殿は、関汐殿に范才人の遺言を果たすことを許されたのか？」

蓮珠は正直驚いた。関汐のすることを范言は知っていたのだろうか。だが、范言は軽く笑ってこれを否定した。

「小官はなにも。むしろ、関汐を止めることができたなら……と後悔しております」

翔央は范言の返答に首を傾げた。

「それはどうかな。范家の家長は、あくまで范言殿だ。范昭殿の護衛の者たちはともかく、関汐殿のように幼いころから范家に仕えてきた者は、范家当主の言葉がなければ動けないはずだ。だから、もともと関汐殿が宦官姿で范才人の宮を探っていたのは、家長であるあなたの命令だったと俺は考えている。その後は自分の心に従って動いていたようだが……。そして范言殿は、あの日の鶯鳴宮で范昭殿が何をしたのかご存じだったはず。その上で、関汐殿に范才人の宮を調べさせたらどうなるかなんて、わかっていたでしょうに……」

范言は翔央の言葉を受けて、小さく笑った。

「白鷺宮様、人は皆、自分が知ってしまったことを、誰かに言わずにいられないものだと思いませんか？」

これにムッとして、蓮珠が反論する。

「賛同しかねます。それは人によるのでは？」

「そうですか。……ふむ、貴女が言うと説得力がある。では、言い換えましょう。人の中には、自分が知ってしまったことを、誰かに言い触らさずにはいられない、自己顕示欲に支配された者がいると思いませんか？」

言い直した問いを、范言が蓮珠に向けてする。

「そういう者が……范昭様だと？」

范言は、これには答えずに言葉を続けた。

「范家という派閥の長としては、そういう者が派閥内にいると、非常に困るのですよ」

ここで、翔央が大きくうなずいた。

「……そういうことか。范昭の排除が目的だったんだな？　他国と通じたとなれば、范才人も恐れたように家ごと処罰される。だが、別件で范昭が排除されれば、范家そのものは存続する」

范昭の目的と范家の目的は違っていた。だから、范才人に代わる存在として范家が送りこんだ小椿の行動も、范昭の望むところとは異なっていたのだ。

「だから、関汐殿を范才人様の宮に行かせたんですか？　春華殿の死に、范昭様が絡んでいることを悟らせて……その後の行動を促すために？」

范言は、眉を顰める蓮珠に冷静に答えた。

「九興家の中でも新しい派閥とはいえ、范家にもそれなりに守らねばならない者たちがいるのですよ」

范家の家長として范家を守るために。蓮珠はたまらず問うた。

「……それは、兄弟の情よりも重いものなのですか？」

范言は少し微笑んだ。

「兄弟の間に何があるのかは、他者にはわからないものです。ましてや、陶蓮殿にはわかりますまい」

突き放す言葉に、蓮珠は強く前へ出た。

「わ、わたしにも妹がおります！」

だが、范言は鼻先で笑った。

「……妹、ですか」

瞬間、蓮珠は後退った。

范言の目は、あの後宮の廊下で遭遇した范才人と同じ目をしていた。蓮珠がずっと一人で隠し続けてきた秘密を見透かしている。

「貴女を見ているとつくづく思いますよ。家族とは、血縁とは……一体なんなのか、とね。……いつか、答えを見つけたら、自分にも教えていただけるとありがたい。では」

範言は蓮珠に顔を寄せ、それだけ言うと、身を翻し、去っていった。

遠くなる範言を見送り、長い沈黙の後、蓮珠と並び天を見上げていた翔央が小さく呟いた。

「なあ、蓮珠。……もし、俺と翠玉殿のどちらかしか選べないとしたら、お前はどちらを選ぶ？」

蓮珠は答えようとして口を開いたが、どうしても言葉が出てこなかった。蓮珠自身、なんと答えようとしていたのかわからない。開けたままの口を閉じ、しばし考えてみようと思ったが、すぐに答えが出る問題ではないことは、考えるまでもなく明白だった。

官吏なのだから、家族なのだからと、頭は言い訳ばかりを繰り返して、どちらを選ぶことも許さない。これでは、どちらも選びたくないみたいではないか。

蓮珠は頭を軽く振った。

選ぶのが怖い。選べば、選ばなかったほうのことをどうしても考えてしまう。

かつての蓮珠なら、いつだって選択は簡単だった。蓮珠にとって翠玉は、唯一無二の存在で、他には何も持っていなかったから。

でも、今の蓮珠には、ただ一つのものを即座に選ぶなんて、もうできない。失えないものが増えれば、迷いが生じる。いつだって、翠玉ただ一人を最優先に生きてきたはずのに。気づけば蓮珠の中で、翔央はどんどん大きな存在になっていく。

蓮珠は顔を上げ、翔央でなく空を見た。

冬の薄青い空を、淡雪のような雲が風に流されて通り過ぎていく。心は、その雲のように寄る辺なく漂い、蓮珠自身にもままならぬものだ。

蓮珠は目を閉じ、不敬を承知で翔央に言った。

「……翔央様は、わたしと叡明様のどちらかしか選べないとしたら、どちらをお選びになりますか？」

質問に質問で返した蓮珠に、翔央が眉を下げる。

「……叡明か……それは、相国民五百万人と天秤にかけているようなものだぞ」

蓮珠は顔を上げると、まっすぐに翔央を見た。

「わたしにとっては、貴方も翠玉も、一国との天秤にかけられるほど大きな存在です」

范才人が、あるいは范言が言うように、蓮珠には、いつか選ばなくてはならない日が来るのだろう。それでも、今はまだ……。

「そうか……。今はそれで良しとするか」

翔央の照れたような声を聞きながら、蓮珠は微笑んだ。

ごめんなさい、関汐殿。

時が来たら、ちゃんと選ぶから、今はいつか翔央と一緒に歩むことを許され、命の終わるときは煙になって西王母の元へ送られる日が来ることを夢見させてほしい。

終章

冬至の大祭の夜、双子が放し飼いにしているという縞猫（しまねこ）の白虎（びゃっこ）が運んできた文には、翔央の字で『壁華殿の裏門にて待つ』とあった。

蓮珠は指定された待ち合わせ場所に立ちながらも、周囲を警戒していた。

だが、気づいた時には真後ろから声をかけられた。

「陶蓮殿、よく気づかれましたね」

冬来の声に、蓮珠は刃を突き付けられたわけでもないのに、ヒヤリとした。

「たしかに、この字……、翔央様のものにそっくりです。でも、それだけです。あの方がわたしにくださる手紙の文字には、いつだって温かみがある。それが、なかったから」

震える声で答えた蓮珠は、もう一つ気づいていたことを口にする。

「これは主上が？　ここまで似せられるなんて……」

応じるように建物の陰から学者姿の叡明が現れる。墨灰色の丸首の袍衫（ほうさん）は、半分ほど夜闇に溶けていた。

「翔央と僕が何年過ごしていたと思うんだ？　もっとも、翔央の字には似せられるけど、それを超えることはできない。だから、代筆を立てている」

あの解読不可能な文字だけが叡明の文字ではないということだ。

「僕らはいつだって入れ替われるようにしてきたからね。でも、皇帝になってからは人前で書くことはなくなったかな」

叡明が懐かしむように言った。そういう表情は、蓮珠の大切なあの方と、本当によく似ている。

「同じ字では、翔央様にあらぬ疑いがかけられるからですね」

皇帝が翔央と同じ筆跡で文字が書けることを表に出さないという宣言に代えて、蓮珠は、叡明の意図を理解していることを示した。

どんな言いがかりでも、それで邪魔者を排除できるなら、確実にやるのが朝廷だ。翔央を危険な存在ということにして、皇帝の側から排除したいと考える者は少なくない。

「お前は物わかりが良くて助かるよ、陶蓮。……だから、この場で言っておく。白鷺宮妃は諦めろ。僕はお前に、それを許す気はない」

そう言うと叡明は、紙を一枚取り出した。

「それは……」

遠くのかがり火がつくる薄明りの中、見えたのは翔央と自分の署名が入った婚姻の証書だった。

「……いずれ、お前にもその意味がわかる。それまで黙って見ているといい」

叡明は、そう口にすると、無言のまま手にした紙を引き裂いた。

切り裂かれた紙片が庭の草の上に散っていく。

蓮珠は何も言えず、ただその光景を見ていた。

手の中の紙が欠片もなくなると、ようやく叡明が口を開いた。

「僕はね、陶蓮。翔央の兄でいられれば、それでいいんだ。この国がどうなろうとね」

薄暗がりに浮かび上がるその表情は、微笑んでいた。

「お前だって、翠玉の姉でいられれば、それでいいと思っているだろう？」

言葉が刃となって胸に突きつけられる。それは確実に胸の奥に閉じ込めている秘密に狙いを定めていた。

「でも、そうでいられる残り時間は長くない。……范才人に言われただろう？　選択を迫られると」

「どうして、それを……」

声が震えた。これまでもこの人を怖いと思ってきた。でも、今ほど怖いと思ったことがあっただろうか。

「僕も范才人から同じことを言われたからだよ。何についての選択なのか、それが僕とお前で同じである以上、想像するのは簡単だ」

叡明が歩み寄ってくる。逃げることもできず立ち尽くす蓮珠の耳元に冷たい声が注がれた。

「お前が范才人に聞きたかっただろうその日は……近いよ」

叡明が離れていく。彼に続いていた冬来が、蓮珠を気遣うように問うてきた。

「陶蓮殿、宮城側に送る必要がありますか？」

「ありません。……主上をお守りください」

蓮珠は頭を下げたまま上げなかった。皇后は妃嬪の大姉。自分は一介の官吏であり、その妹に入っていないのだ。彼女に守ってもらう資格はない。

やがて、冬来の気配も消えた時、ようやく涙があふれ出てきた。

声を上げぬまま、嗚咽を飲み込み、蓮珠は泣いた。涙が草に落とされた紙片を濡らしていく。あの時、強い覚悟をもって記したのに、消えてしまうのは一瞬のことだった。

宮妃は、皇帝の許しを得て与えられる地位だ。皇帝が許さないと言うなら、蓮珠がそれを得られることはない。

蓮珠が白鷺宮妃として翔央の隣に立つことはない。叡明によって、はっきりとそれが示されたのだ。

范才人は、「紙の上なら、まっすぐに人は幸せを求めることができる」と言っていたそうだ。紙の上の関係を「いいじゃないか」と笑ってくれた関汐の顔が思い浮かぶ。

それなのに——蓮珠と翔央を結んでいた紙は、もうどこにもない。

遠くで冬至を祝う声が聞こえる。祝いの声はいつも遠い。自分ではない誰かのためのものだから。

いつも、光注ぐ場所から離れたところにいる。そして、その眩しさに、ただただ圧倒されて、立ち尽くしている。

関汐は、選択することを迷っているうちに選択肢自体がなくなるから、その前に自分で選べと言った。

「でも、もう……」

なぜ選べるなんて思ったのだろう。どうして、期待してしまったんだろう。

「……お姉ちゃん?」

顔を上げると、そこに翠玉がいた。

「も～探したよぉ。ねえ、お仕事終わりでしょう? お祭り行こう!」

姉を見つけた安堵に破顔して、翠玉が駆け寄ってくる。

蓮珠にとって、翠玉はいつだって眩しくて、その身の内からの輝きにただただ圧倒されるばかりで——自分とは違うのだと思い知らされる。

「翠玉!」

蓮珠は両手を広げて翠玉を抱きしめた。

「お姉ちゃん、どうしたの？」

選択を迫られる、その日は近い。だから、少しでも長くこの腕に感じていたい。この強くあたたかな光を放つ存在を。

「翠玉が大事すぎて困る」

今では遠い日、故郷を失った身で、思いがけず都にまでたどり着いた。それから一夜明けて訪れた宮城の門の前で、最初の選択をしてしまったのだ。このまま、姉妹でいよう、と。蓮珠はあの日、大きな秘密と罪を抱えて生きていくことを選んだ。

近く、もう一度訪れるという選択の日。

その結果が、どうなろうとも、それまでは、せめて……わたしだけの妹でいて。

後宮の花は偽りをまとう
漫画：六格レンチ
原作：天城智尋
キャラクター原案：碧風羽

コミカライズ版
連載中!!
がうがうモンスター
で今すぐ読む！
https://futabanet.jp/monster/
秘密が
暴かれれば
この国は破滅

FUTABA BUNKO

京都寺町三条のホームズ
Holmes at Kyoto Teramachisanjo
望月麻衣
Mai Mochizuki
京都の寺町三条商店街に、ポツリとたたずむ骨董品店『蔵』。女子高生の真城葵は、ひょんなことから、そこの店主の息子の家頭清貴と知り合い、アルバイトを始めることになる。清貴は物腰や柔らかいが恐ろしく感が鋭く、『寺町のホームズ』と呼ばれていた。葵は清貴とともに、様々な客から持ち込まれる奇妙な依頼を受けるが——。

発行・株式会社　双葉社

双葉文庫

あ-60-03

後宮の花は偽りを隠す
こうきゅう　はな　いつわ　かく

2020年1月19日　第1刷発行

【著者】
天城智尋
あまぎちひろ

【発行者】
島野浩二
【発行所】
株式会社双葉社
〒162-8540 東京都新宿区東五軒町3番28号
［電話］03-5261-4818（営業）　03-5261-4851（編集）
www.futabasha.co.jp
（双葉社の書籍・コミックが買えます）
【印刷所】
中央精版印刷株式会社
【製本所】
中央精版印刷株式会社

【表紙・扉絵】南伸坊
【フォーマット・デザイン】日下潤一
【フォーマットデジタル印字】恒和プロセス

落丁・乱丁の場合は送料双葉社負担でお取り替えいたします。
「製作部」宛にお送りください。
ただし、古書店で購入したものについてはお取り替えできません。
［電話］03-5261-4822（製作部）

定価はカバーに表示してあります。

ISBN978-4-575-52309-6 C0193
Printed in Japan